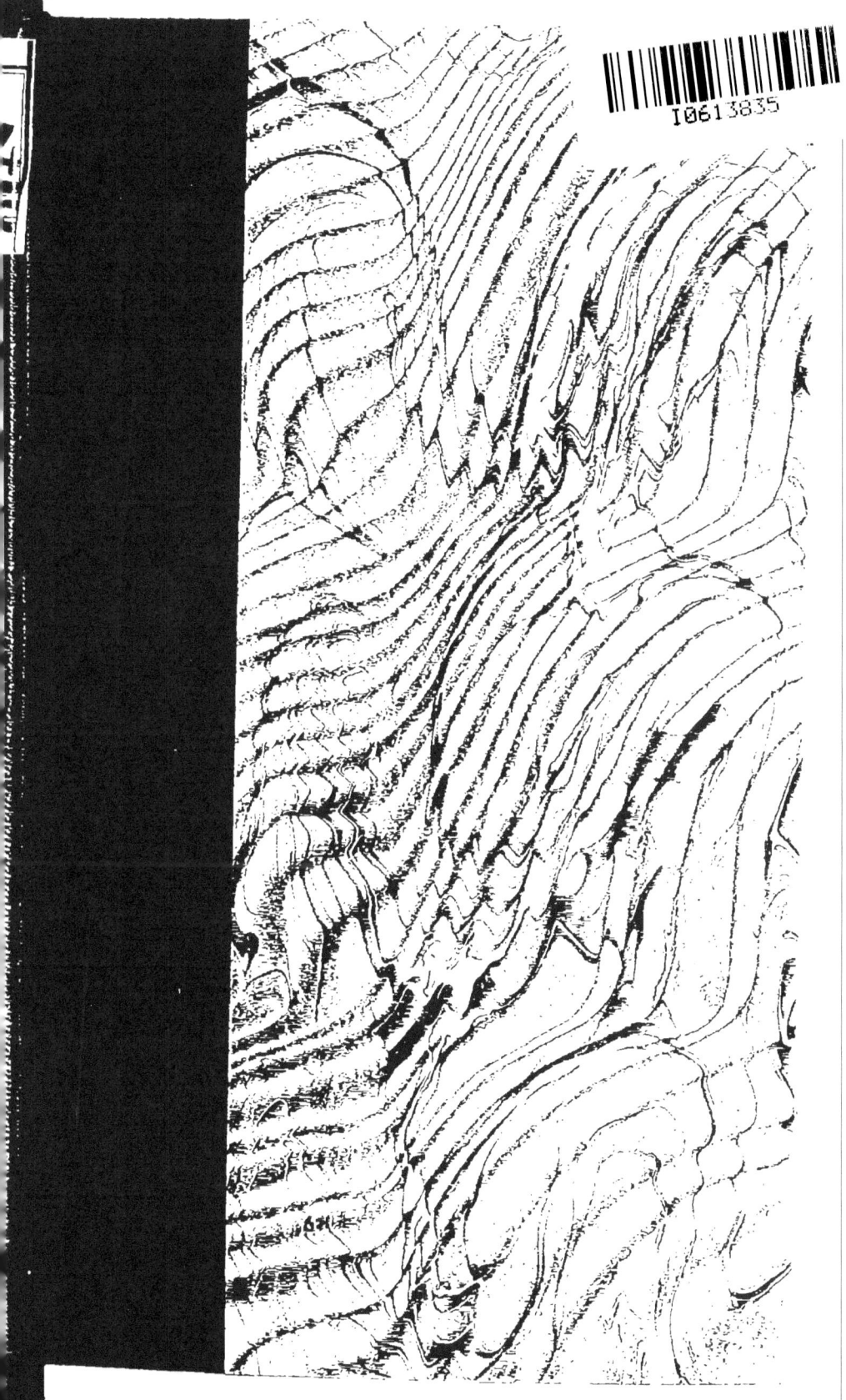

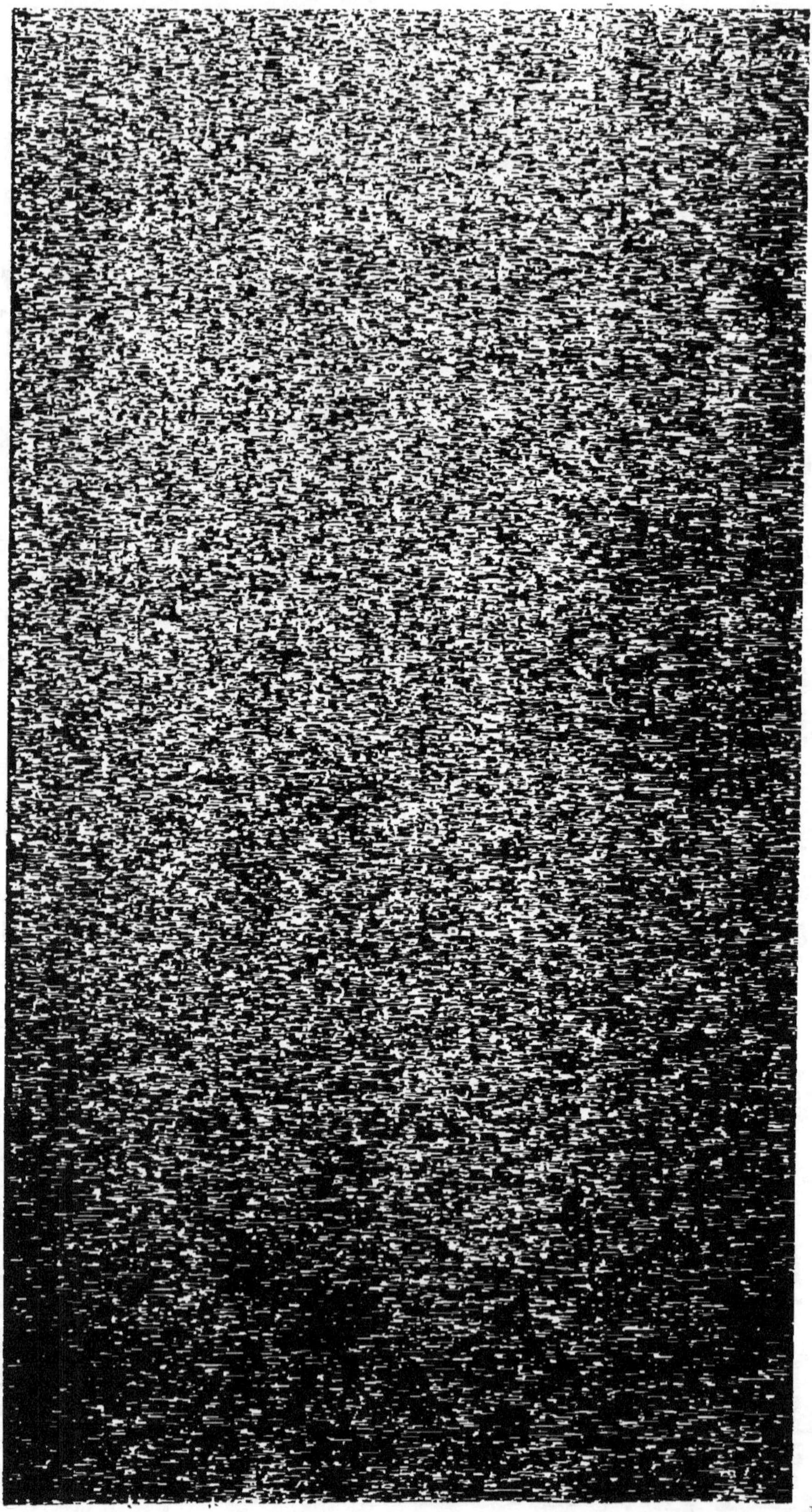

LE SOPHA,

CONTE MORAL.

y^2

LE SOPHA,

CONTE MORAL.

NOUVELLE ÉDITION,

Revue, corrigée et augmentée d'une Introduction historique.

PAR M. J. D. CREBILLON.

TOME PREMIER.

PARIS,

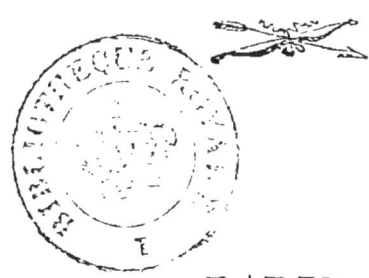

CHEZ LES PRINCIPAUX LIBRAIRES.

1834.

METZ. — IMPRIMERIE DE P. WITTERSHEIM.

INTRODUCTION.

Il y a déjà quelques siècles qu'un prince nommé Schah-Baham régnoit sur les Indes. Il étoit petit-fils de ce magnanime Schah-Riar, de qui l'on a lu les grandes actions dans les mille et une nuits, et qui, entr'autres choses, se plaisoit tant à étrangler les femmes, et à entendre des contes; celui-là même qui ne fit grâce à l'incomparable Schéhérazade qu'en faveur de toutes les belles histoires qu'elle savoit.

Soit que Schah-Baham ne fut pas extrêmement délicat sur l'honneur, soit que ses femmes ne couchassent point avec leurs nègres, ou (ce qui est pour le moins aussi vraisemblable) qu'il n'en sut rien, il étoit bon et commode mari, et n'avoit hérité de Schah-Riar que les vertus et son goût pour les contes. On assure même, que le Recueil des contes de Schéhérazade, que son auguste grand-père avoit fait écrire en lettres d'or, étoit le seul livre qu'il eût jamais daigné lire.

A quelque point que les contes ornent l'esprit, et quelque agréables, ou quelque sublimes que soient les connoissances et les idées qu'on y puise, il est dangereux de ne lire que des livres de cette espèce. Il n'y a que les personnes vraiment éclairées, au-dessus des préjugés, et qui connoissent le vide des sciences, qui sachent combien ces sortes d'ouvrages sont utiles à la société, et combien l'on doit d'estime, et même de vénération, aux gens qui ont assez de génie pour en faire, et assez de force dans l'esprit pour s'y dévouer, malgré l'idée de frivolité que l'orgueil et l'ignorance ont attachée à ce genre. Les importantes leçons que les contes renferment, ne prennent point sur le vulgaire, on ne peut acquérir son estime qu'en lui donnant des choses qu'il n'entende jamais, mais qu'il puisse se faire honneur d'entendre.

Schah-Baham est un exemple bien mémorable de l'injustice des hommes à cet égard. Quoiqu'il sût l'origine de la féerie, aussi-bien que s'il eût été de ces temps-là; que personne ne connût plus particulièrement le célèbre pays du Ginnistan, ne fût plus instruit sur les fameuses dynasties des premiers rois de Perse, et qu'il fût sans contredit l'homme de son siècle qui possédât le mieux. l'histoire de tous les évènemens qui ne sont jamais arrivés, on le faisait passer pour le prince du monde le plus ignorant.

Il est vrai qu'il narroit avec si peu de graces (chose d'autant plus désagréable qu'il narroit toujours), qu'il était impossible qu'il n'ennuyât pas un peu: sur-tout n'ayant jamais pour auditeurs que des femmes et des courtisans: personnes qui, communément aussi délicates que superficielles, s'attachent plus à l'élégance des tours, qu'elles ne sont frappées de la grandeur et de la justesse des idées. C'est, sans doute, d'après ce que l'on pensoit de Schah-Baham dans sa propre cour, que Scheik-Ebn-Taher-Abou-Feraïki, auteur contemporain de ce prince, nous l'a dépeint dans sa grande histoire des Indes tel qu'on va le voir ci-dessous; c'est à l'endroit où il parle des contes.

Schah-Baham, premier du nom, étoit un prince ignorant et d'une mollesse achevée. On ne pouvoit pas avoir moins d'esprit; et, (ce qui est assez ordinaire à ceux qui par cet endroit lui ressemblent), on ne pouvoit pas s'en croire davantage. Il s'étonnoit toujours de ce qui est commun, et ne comprenoit jamais bien que les choses absurdes et hors de toute vraisemblance. Quoiqu'en tout un an, il ne lui arrivât pas une seule fois de penser, à peine en tout un jour, lui arrivoit-il de se taire une minute. Il disoit pourtant de lui modestement, qu'à l'égard de la vivacité d'esprit, il n'y prétendoit pas; mais que pour la réflexion, il ne croyoit pas avoir son pareil.

Aucun des plaisirs qui sont dépendans de l'esprit, ne touchoit le Sultan : tout exercice, quel qu'il fût, lui déplaisoit; et cependant il n'étoit pas désœuvré. Il avoit des oiseaux, qui ne laissoient pas de l'amuser beaucoup; des perroquets qui, grâces aux soins qu'il prenoit de leur éducation, étoient les plus bêtes perroquets des Indes, sans compter des singes auxquels il donnoit une assez grande partie de son tems, et les femmes, qui, après tous les animaux de sa ménagerie, lui paraissaient fort propres à le divertir.

Malgré de si grandes occupations, et des plaisirs aussi variés, il fut impossible au Sultan d'éviter l'ennui. Il n'y eut pas jusques à ces contes fameux, objets perpétuels de son étonnement et de sa vénération, et dont il étoit défendu sur peine de la vie, de faire la critique, qui, à force de lui être connus, ne lui fussent devenus insipides. Il les admiroit toujours, mais il bâilloit en les admirant. L'ennui enfin le suivoit jusques dans l'appartement de ses femmes, où il passoit une partie de sa vie à les voir broder, et faire des découpures :

arts pour lesquels il avoit une estime singulière, dont il regardoit l'invention comme le chef-d'œuvre de l'esprit humain, et auxquels il voulut enfin que tous ses courtisans s'appliquassent.

Il récompensoit trop bien ceux qui y excelloient, pour qu'il y eût dans tout l'Empire quelqu'un qui les négligeât. Broder ou découper, étoient alors dans les Indes les seuls moyens d'arriver aux honneurs. Le Sultan ne connaissoit aucune espèce de mérite; ou, du moins, ne doutoit pas qu'un homme, qui avoit de pareils talens, n'eût à bien plus forte raison tous ceux qu'il faut pour être un bon général, ou un excellent ministre. Pour prouver à quel point il en étoit persuadé, il avait élevé à la place de premier visir un de ses courtisans désœuvrés, de ceux qui, ne sachant à quoi employer leur tems, le passent à ennuyer les rois de leur existence. Celui-ci, qui avoit été longtemps confondu dans la foule, se trouva heureusement pour lui un des premiers découpeurs du royaume, lorsqu'il plut à Schah-Baham de révérer la découpure; et sans être, comme beaucoup d'autres, obligé de faire des brigues, il ne dut qu'à la supériorité de ses talens l'honneur éclatant de découper auprès de son maître, et la première place da l'empire.

Entre toutes les femmes du Sultan, on distinguoit la Sultane-Reine, qui, par son esprit, faisoit les délices de ceux qui, dans une cour aussi frivole, avoient encore le courage de penser et de s'instruire. Elle seule y connoissoit et y soutenoit le mérite, et le Sultan lui-même osoit rarement n'être pas de son avis, quoiqu'elle n'approuvât ni ses goûts, ni ses plaisirs : il se contentoit, lorsqu'elle le railloit sur ses vilains singes et sur ses autres occupations, de lui dire qu'elle était caustique, défaut que les sots ne manquent jamais de trouver aux gens d'esprit.

Un jour Schah-Baham étant avec toute sa cour dans l'appartement de ses femmes, où il regardoit découper avec une attention incroyable, et ne pouvant cependant vaincre l'ennui qui l'accabloit : Je ne m'étonne point, dit-il en bâillant, si je m'endors; nous ne disons mot. Oh ! je voudrois de la conversation, moi !

Eh ! de quoi voulez-vous qu'on vous parle, demanda la Sultane ? Que sais-je, reprit-il ! suis-je fait pour deviner cela ? Ne suffit-il pas que je veuille qu'on me parle de quelque chose, sans que je sois encore obligé de dire ce que je voudrois qu'on me dît ? Savez-vous bien que vous n'avez pas à beaucoup près tant d'esprit que vous vous en croyez; que vous rêvez plus que vous ne parlez, et qu'à cela près de quelques bons-mots, que les trois quarts du temps je n'entends seulement pas, je vous trouve on ne peut pas plus stérile? Pensez-vous, par exemple, que, si la Sultane Schéhérazade vivait encore et qu'elle fût ici, elle ne nous fît pas d'elle-même, et sans en être priée par ma tante Dinarzade, les plus beaux contes du monde? Mais vraiment, à propos d'elle, je pense une chose! quelque mémoire qu'elle eût, il est impossible qu'elle ait retenu tous les contes qu'elle avoit appris; que quelqu'un ne sache pas précisément ceux qu'elle avoit oubliés; qu'on n'en ait pas fait depuis elle, ou qu'actuellement même on n'en fasse pas. Cela n'est pas douteux, sire, dit le Visir; et je puis assurer votre majesté, que non-seulement j'en sais, mais que j'ai même le talent d'en faire de si bizarres, que ceux de feu madame votre grand'-mère n'ont rien qui les puisse surpasser.

Visir, Visir, dit le Sultan, c'est beaucoup dire! ma grand'mère étoit une personne d'un rare mérite.

En effet, s'écria la Sultane, il en faut beaucoup pour faire des contes! Ne diroit-on pas, à vous entendre, qu'un conte est le chef-d'œuvre de l'esprit humain? Et cependant quoi de plus absurde? Qu'est-ce qu'un ouvrage (s'il est vrai toutefois qu'un conte mérite de porter ce nom); qu'est-ce, dis-je, qu'un ouvrage, où la vraisemblance est toujours violée, et où les idées reçues sont perpétuellement renversées; qui, s'appuyant sur un faux et frivole merveilleux, n'emploie que des extraordinaires, et la toute-puissance de la Féerie; ne bouleverse l'ordre de la nature et celui des élémens que pour créer des objets ridicules, singulièrement imaginés, mais qui souvent n'ont rien qui rachette l'extravagance de leur création? Trop heureux encore, si ces misérables fables ne gatoient que l'esprit, et n'altéroient point, par des peintures trop vives, et qui blessent la pudeur, porter jusques au cœur des impressions dangéreuses?

Propos de *Caillette*, dit gravement le Sultan, grands mots qui ne signifient rien : ce que vous venez de dire a d'abord l'air d'être beau; il saisit, il faut l'avouer; mais avec le secours de la réflexion, il est impossible que.... au fond, il ne s'agit ici que de savoir si vous avez raison; et comme je voulois vous le dire, et que je viens de le prouver, c'est ce que je ne crois pas; car ce n'est pas pour faire le bel-esprit, assurément; mais puisqu'un conte m'a toujours amusé, il est clair qu'il faut qu'un conte ne soit pas une chose frivole. Ce ne sera certainement pas à moi qu'on fera croire qu'un Sultan peut être une bête. D'ailleurs, c'est-à-dire par parenthèse, il est tout aussi clair qu'une chose merveilleuse, j'entends par-là une de ces choses... que je dirois bien, si c'étoit de cela qu'il fût question ... mais parlons de bonne-foi; que nous importe après tout? Je soutiens, moi, que j'aime les contes, et qu'au surplus je ne les trouve plaisans que quand ils sont, ce qu'on appelle entre gens sensés, un peu gaillards. Cela y jette un intérêt d'une vivacité si vive! au reste, j'entends, je comprends bien : c'est comme si vous me disiez que vous savez des contes, et que vous en faites. Voilà véritablement ce qu'il me faut. Je pensois que, pour rendre les jours moins longs, il faudroit que chacun de nous racontât des histoires : quand je dis des histoires, je m'entends bien. Je veux des événemens singuliers, des Fées, des Talismans : car ne vous y trompez pas, au moins! il n'y a que cela de vrai. Eh bien ! nous convenons donc tous de faire des contes ? Mahomet veuille m'assister ! mais je ne doute pas que même sans son secours, je n'en fasse de meilleurs que qui que ce soit ; et la raison de cela, c'est que je sors d'une maison où l'on n'ignore pas que l'on en sait faire, et sans vanité d'assez bons.

Au reste, comme je suis sans partialité quelconque, je déclare que l'on parlera chacun à son tour ; que ce sera le sort qui décidera des places, et non ma volonté ; que j'entends que tout le monde ait la liberté de me faire des contes, et chaque jour on parlera une demi-heure, plus ou moins selon qu'il me conviendra.

En achevant ces mots, il fit tirer au sort toute sa cour : malgré les vœux du Visir, il tomba sur un jeune courtisan, qui, après en avoir reçu la permission du Sultan, commença ainsi.

LE SOPHA,

CONTE MORAL.

CHAPITRE PREMIER.

Le moins ennuyeux du livre.

Sire, votre Majesté n'ignore pas que, quoique je sois son sujet, je ne suis pas la même loi qu'elle, et que je ne reconnois pour Dieu que Brama.

Quand je le saurois, dit le Sultan, qu'est-ce que cela feroit à votre conte? au reste, ce sont vos affaires: tant pis pour vous si vous croyez Brama, il vaudroit mieux cent fois que vous fussiez mahométan. Je vous le dis en ami; n'allez pas croire au moins que ce soit pour faire le docteur; car, au fond, cela ne m'importe guères. Après.

Nous autres sectateurs de Brama, nous croyons à la métempsycose, continua Amanzéi, (c'est le nom du conteur) c'est-à-dire, pour ne point embarrasser mal-à-propos votre Majesté, que nous croyons qu'au sortir d'un corps notre âme passe dans un autre, et ainsi successivement, tant qu'il plaît à Brama, ou que notre âme soit devenue assez pure pour être mise au nombre de celles qu'enfin il juge dignes d'être éternellement heureuses.

Quoique le Dogme de la métempsycose soit parmi nous généralement établi, nous n'avons pas tous les mêmes raisons pour le croire certain, puisqu'il y a fort peu de gens à qui il soit accordé de se souvenir des différentes transmigrations de leur âme. Il arrive ordinairement qu'au sortir du corps où une âme étoit emprisonnée, elle entre dans un autre, sans conserver aucune idée, soit des connoissances qu'elle avoit acquises, soit des choses auxquelles elle a eu part.

Ainsi nos fautes sont perpétuellement perdues pour nous, et nous recommençons une nouvelle carrière avec une âme aussi neuve et aussi susceptible d'erreurs et de vices que lorsque Brama la tira, pour la première fois, de cet immense tourbillon de feu, dont, en attendant sa destination, elle fait partie.

Beaucoup d'entre nous se plaignent de cette disposition de Brama, et je doute qu'ils aient raison. Nos destinées pendant une longue suite de siècles à passer de corps en corps, seraient presque toujours malheureuses, si elles se souvenaient de ce qu'elles ont été,

Telle, par exemple, qui après avoir animé le corps d'un roi, se trouve dans celui d'un reptile, dans le corps d'un de ces mortels obscurs que la grandeur de leur misère rend plus à plaindre encore que les animaux les plus vils, ne soutiendroit pas sans désespoir sa nouvelle condition.

J'avoue qu'un homme qui se voit dans le sein des richesses, ou élevé au rang suprême, s'il se souvenoit de n'avoir été qu'un insecte, pourroit abuser moins de l'état heureux ou brillant, où la bonté de Brama l'a mis. A considérer cependant l'orgueil, la dureté, l'insolence de ces gens nés dans la bassesse, et élevés par la fortune, on peut croire, à la promptitude avec laquelle ils perdent le souvenir de leur premier état, que, d'un corps à un autre, leur humiliation se déroberoit plus rapidement encore à leurs yeux, et n'influeroit en rien sur leur conduite.

L'âme d'ailleurs se trouveroit nécessairement surchargée du grand nombre d'idées qui lui resteroient de ces vies précédentes; et, plus affectée peut-être de ce qu'elle auroit été que de ce qu'elle seroit, négligeroit les devoirs que le corps qu'elle occupe lui prescrit, et troubleroit enfin l'ordre de l'univers, au-lieu d'y contribuer.

Mon cher ami, dit alors le Sultan, Mahomet me pardonne si ce n'est pas de la morale que ce que vous venez de me dire.

Sire, répondit Amanzéi, ce sont des réflexions préliminaires, qui, je crois, ne sont pas inutiles. Fort inutiles, c'est moi qui le dis, répliqua Schah-Baham. C'est que tel que vous me voyez, je n'aime pas la morale, et que vous m'obligerez beaucoup de la laisser-là.

J'exécuterai vos ordres, répondit Amanzéi, il me reste cependant à dire à votre majesté, que Brama permet quelquefois que nous nous souvenions de ce que nous avons été, sur-tout quand il nous a infligé quelque peine singulière; et ce qui le prouve, c'est que je me souviens parfaitement d'avoir été Sopha.

Un Sopha! s'écria le Sultan, allons, cela ne se peut pas. Me prenez-vous pour une autruche, de me faire de ces contes-là? J'ai envie de vous faire un peu brûler, pour vous apprendre à me dire, et affirmativement, de pareilles balivernes.

Votre clémente majesté a de l'humeur aujourd'hui, dit la Sultane: il est dans son auguste caractère de ne douter de rien, et elle ne veut pas croire qu'un homme ait pû être Sopha. Cela n'est pas relatif à ses idées ordinaires.

Croyez-vous, répliqua le Sultan, terrassé par l'objection? Il me semble pourtant que je n'ai pas tort. Ce n'est pas cependant que je ne pusse... Mais, parbleu! j'ai raison. Je ne saurois en conscience croire ce que dit Amanzéi : est-ce donc pour rien que je suis Musulman?

A merveille, répondit la Sultane : hé bien? écoutez Amanzéi, et ne le croyez pas. Ah oui! reprit le Sultan, ce ne sera point parce que la chose est incroyable, qu'il faudra que je ne la croye pas; mais parce que, fût-elle vraie, je ne dois pas la croire. Je comprends bien, cela fait une différence. Vous avez donc été Sopha, mon enfant? Cela fait une terrible aventure! Hé, dites-moi, étiez-vous brodé?

Oui, sire, répondit Amanzéi : le premier Sopha dans lequel mon âme entra, était couleur de rose, brodé d'argent. Tant mieux, dit le Sultan, vous deviez être un assez beau meuble. Enfin, pourquoi votre Brama vous fit il Sopha plutôt qu'autre chose? quel était le fin de cette plaisanterie? Sopha! Cela me passe.

C'étoit, répondit Amanzéi, pour punir mon âme de ses déréglemens. Dans quelque corps qu'il l'eût mise, il n'avait pas eu lieu d'en être content; et sans doute il crut m'humilier plus en me faisant Sopha, qu'en me faisant reptile.

Je me souviens qu'au sortir du corps d'une femme, mon ame entra dans celui d'un jeune homme. Comme il étoit minaudier, coquet, tracassier, médisant, grand connoisseur en bagatelles, uniquement occupé de ses habits, de sa toilette, et de mille autres petits riens, à peine s'apperçut-elle qu'elle eût changé de demeure.

Je voudrois bien interrompit Schah-Baham, savoir un peu ce que vous faisiez pendant que vous étiez femme; cela doit faire un détail fort curieux. J'ai toujours cru que les femmes avoient de singulières idées. Je ne sais si je me fais bien entendre, mais je veux dire qu'on a de la peine à deviner ce qu'elles pensent.

Peut-être, répondit Amanzéi, serions-nous plus éclairés la-dessus, si nous leur croyions moins de finesse. Il me semble que, lorsque j'étois femme, je me moquois beaucoup de ceux qui m'attribuoient des idées réfléchies, pendant que le moment seul me les faisoit naître, qui cherchoient des raisons où je n'avois pris de lois que du caprice, et qui, pour vouloir trop m'approfondir, ne me pénétroient jamais. J'étois vraie dans le tems que je passois pour fausse; on me croyoit coquette, dans l'instant que j'étois tendre; j'étois sensible, l'on imaginoit que j'étois indifférente. On me donnoit presque toujours un caractère qui n'étoit pas le mien, ou qui venoit de cesser de l'être. Les gens intéressés à me connoître le plus, avec qui je dissimulois le moins, à qui même, emportée par mon indiscrétion naturelle, ou par la violence de mes mouvemens, je découvrois les secrets les plus cachés de ma vie, ou les sentiments les plus vrais de mon cœur, n'étoient pas ceux qui me croyoient le plus ou qui me saisissoient le mieux, ils ne vouloient juger de moi que suivant le plan qu'ils s'en étoient fait, s'y trompoient sans cesse, et croyoient m'avoir bien connue, quand il m'avoient définie à leur gré.

Oh! je le savois, dit le Sultan, on ne connoît jamais bien les femmes, et comme vous dites, il y a long-temps, pour moi, que j'y ai renoncé; mais laissons-là cette matière, elle aiguise trop l'esprit, et elle est cause que vous m'avez fait un grand préambule dont je n'avois que faire, et que vous n'avez pas répondu à ce que je vous demandois. Il me semble que je voulois savoir ce que vous faisiez pendant que vous étiez femme.

Il ne m'est resté de ce que je faisois alors qu'une idée fort imparfaite, répondit Amanzéi. Ce dont je me souviens le plus, c'est que j'étois galante dans ma jeunesse, que je ne savois ni haïr, ni aimer; que, née sans caractère, j'étois tour à tour ce qu'on vouloit que je fusse, ou ce que mes intérêts et mes plaisirs me forçoient d'être ; qu'après une vie fort dérangée, je finis par me faire hypocrite et qu'enfin je mourus en m'occupant, malgré mon air prude, de ce qui, dans le cours de ma vie, m'avoit amusé le plus.

Ce fut apparemment du goût que j'avois eu pour les Sopha, que Brama prit l'idée d'enfermer mon ame dans un meuble de cette espèce. Il voulut qu'elle conservât dans cette prison toutes ses facultés, moins sans doute pour adoucir l'horreur de mon sort, que pour me la faire mieux sentir. Il ajouta que mon ame ne commenceroit une nouvelle carrière, que quand deux personnes se donneroient mutuellement et sur moi leurs prémices.

Voila, s'écria le Sultan, bien du galimathias, pour dire que... N'allez-vous pas avoir la bonté de nous expliquer cela? demanda la Sultane. Pourquoi pas, reprit-il, j'aime assez les choses claires. Cependant si vous n'êtes pas de mon avis, je consens qu'Amanzéi soit aussi obscur qu'il le voudra. Grâces au Prophête, il ne le sera jamais pour moi.

Il me restoit assez d'idées, et de ce que j'avois fait, et ce que j'avois vu, continua Amanzéi, pour sentir que la condition à laquelle Brama vouloit bien m'accorder une nouvelle vie, me retenoit pour long-tems dans le meuble qu'il m'avoit choisi pour prison ;

mais la permission qu'il me donna de me transporter, quand je le voudrois, de Sopha en Sopha, calma un peu ma douleur. Cette liberté mettoit dans ma vie une variété qui devoit me la rendre moins ennuyeuse ; d'ailleurs, mon âme étoit aussi sensible aux ridicules d'autrui que lorsqu'elle animoit une femme, et le plaisir d'être à portée d'eutrer dans les lieux les plus secrets, et d'être en tiers dans les choses que l'on croiroit les plus cachées, la dédommagea de son supplice.

Après que Brama m'eut prononcé mon arrêt, il transporta lui-même mon âme dans un Sopha que l'ouvrier alloit livrer à une femme de qualité qui passoit pour être extrêmement sage ; mais s'il est vrai qu'il y ait peu de héros pour les gens qui les voyent de près, je puis dire aussi, qu'il y a pour leur Sopha bien peu de femmes vertueuses.

CHAPITRE II.

Qui ne plaira pas à tout le monde.

Un Sopha ne fut jamais un meuble d'antichambre, et l'on me plaça chez la Dame à qui j'allois appartenir, dans un cabinet séparé du reste de son palais, et où, disoit-elle, elle n'alloit souvent que pour méditer sur ses devoirs, et se livrer à Brama avec moins

de distraction. Quand j'entrai dans ce cabin
j'eus peine à croire, à la façon dont il é
orné, qu'il ne servît jamais qu'à d'aussi sé
rieux exercices. Ce n'étoit pas qu'il fût somp
tueux, ni que rien y parût trop recherch
tout y sembloit, au premier coup-d'œil,
noble que galant : mais, à le considérer av
réflexion, on y trouvoit un luxe hypocri
des meubles d'une certaine commodité, de
choses enfin que l'austérité n'invente pas,
dont elle n'est pas accoutumée à se servir.
me semblà que j'étois moi-même d'une coul
bien gaie pour une femme qui affichoit
d'éloignement pour la coquetterie.

Peu de tems après que je fus dans le cabin
ma maîtresse entra, elle me regarda avec
différence, parut contente, mais sans me lo
trop, et d'un air froid et distrait, elle renv
l'ouvrier. Aussitôt qu'elle se vit seule, ce
physionomie sombre et sévère s'ouvrit; je
un autre maintien, et d'autres yeux, elle m'
saya avec un soin qui m'annonçoit qu'elle
comptoit pas faire de moi un meuble de sim
parade. Cet essai voluptueux, et l'air ten
et gai qu'elle avoit pris d'abord qu'elle s'ét
vue sans témoins, ne m'ôtoient rien de
haute idée qu'on avoit d'elle dans Agra.

Je savois que ces âmes que l'on croit
parfaites, ont toujours un vice favori, souv

combattu, mais presque toujours triomphant; qu'elles paroissent sacrifier des plaisirs qu'elles n'en goûtent quelquefois qu'avec bien plus de sensualité, et qu'enfin elles font souvent consister la vertu, moins dans la privation, que dans le repentir. Je conclus de cela, que Fatmé étoit paresseuse, et je me serois alors reproché de porter mes idées plus loin.

La première chose qu'elle fit après celle dont je viens de parler, fut d'ouvrir une armoire fort secrètement pratiquée dans le mur, et cachée avec art à tous les yeux, elle en tira un livre. De cette armoire elle passa à une autre, où beaucoup de volumes étoient fastueusement étalés; elle y prit aussi un livre qu'elle jetta sur moi avec un air de dédain et d'ennui, et revint, avec celui qu'elle avoit choisi d'abord, se plonger dans toute la mollesse des coussins dont j'étois couvert.

Dites nous un peu Amanzéi, interrompit le Sultan, étoit-elle jolie, votre femme raisonnable?

Oui, Sire, répondit Amanzéi, elle étoit belle, plus qu'elle ne le paroissoit. On sentoit même qu'avec moins de modestie, ces airs évaporés qui inspirent le mépris, à la vérité, mais qui excitent les désirs, elle auroit pu ne le céder à personne. Ses traits étoient beaux, mais sans jeu, sans vivacité, et n'exprimant que cet air vain et dédaigneux, sans lequel les femmes de ce genre croiroient n'avoir ni une physionomie vertueuse. Tout en elle el nonçoit d'abord l'abandonnement et le mépr de soi-même. Quoiqu'elle fût bien faite, se tenoit mal; et si elle marchoit noblemen c'est parce qu'une démarche lente et pomp convient à des personnes occupées des obd les plus sérieux. La haine qu'elle témoign pour la parure n'alloit pas jusques à cette gligence, qui rend presque toujours les v tueuses dégoûtantes : ses habits étoient simpl de couleurs obscures; mais dans leur modes on trouvoit de la noblesse et du choix : e avoit même soin qu'ils ne pussent rien dérol de l'élégance de sa taille, et sous l'attirail l'austérité il étoit aisé de remarquer qu'e aimoit la propreté la plus recherchée et l plus sensuelle.

Le livre qu'elle avoit pris le dernier ne parut pas être, celui qui l'intéressoit le pl C'étoit pourtant un gros recueil de réflexio composées par un Bramine. Soit qu'elle c avoir assez de celles qu'elle faisoit elle-mêm ou que celles-là ne portassent pas sur o objets qui lui plussent, elle ne daigna pas lire deux mots, et quitta bientôt ce livre, po prendre celui qu'elle avoit tiré de l'armoi secrète, et qui étoit un roman dont l situations étoient tendres, et les images vive

Cette lecture me paroissoit si peu devoir être celle de Farmé, que je ne pouvois revenir de ma surprise. Sans doute, dis-je, en moi même, elle veut s'éprouver, et savoir jusques à quel point son âme est affermie contre toutes les idées qui peuvent porter le trouble dans celles des autres.

Sans deviner alors le motif qui la faisoit agir d'une façon si contraire aux principes que je lui croyois, je ne lui en supposai qu'un bon. Il me parut cependant que ce livre l'animoit ; ses yeux devinrent plus vifs ; elle le quitta, moins pour perdre les idées qu'il lui donnoit, que pour s'y abandonner avec plus de volupté. Revenue enfin de la rêverie dans laquelle il l'avoit plongée, elle alloit le reprendre, lorsqu'elle entendit un bruit qui le lui fit cacher. Elle s'arma, à tout événement, de l'ouvrage du Bramine ; sans doute elle le croyoit meilleur à montrer qu'à lire.

Un homme entra, mais d'un air si respectueux, que, malgré la noblesse de sa physionomie, et la richesse de ses vêtemens, je le pris d'abord pour un des esclaves de Fatmé. Elle le reçut avec tant d'aigreur, lui parla si durement, parut si choquée de sa présence, si ennuyée de ses discours, que je commençai à croire que cet homme si maltraité ne pouvait être que son mari. Je ne me trompois pas. Elle rejetta long-tems, et avec aigreur les instantes prières qu'il lui fit de le laisser auprès d'elle, et n'y consentit enfin que pour l'accabler de l'importun détail des fautes qu'elle prétendoit qu'il commettoit sans cesse. Ce mari, le plus malheureux de tous les époux d'Agra, reçut cette impatiente correction avec une douceur dont je m'indignois pour lui. L'opinion qu'il avoit de la vertu de Fatmé n'étoit pas la seule chose qui le rendit si docile; Fatmé étoit belle, et quoiqu'elle parût se soucier peu d'inspirer des désirs, elle en inspiroit pourtant. Quelque peu aimable qu'elle voulût paroître aux yeux de son mari, elle éveilla sa tendresse. L'amant le plus timide, et qui parleroit amour pour la première fois à la femme du monde qu'il craindroit le plus, seroit mille fois moins embarrassé que ce mari ne le fut pour dire à sa femme l'impression qu'elle foisoit sur lui. Il la pressa tendrement et respectueusement de répondre à son ardeur, elle s'en défendit long-tems avec mauvaise grace, et céda enfin comme elle s'étoit défendue.

Avec quelque opiniâtreté qu'elle lui refusât tout ce qui auroit pu lui faire penser qu'elle n'avoit pas, pour ce qu'il exigeoit d'elle, la plus forte répugnance, je crus m'appercevoir qu'elle étoit moins insensible qu'elle ne vouloit paroître. Ses yeux s'animèrent, elle prit un air plus attentif, elle soupira, et quoiqu'avec nonchalance, elle devint moins oisive. Ce n'étoit cependant pas son mari qu'elle aimoit. Je ne sais quelles étoient alors les idées de Fatmé, mais soit que la reconnoissance la rendit plus douce, soit qu'elle voulût engager son mari à de nouvelles attentions, des propos assez tendres, quoique graves et mesurés, succédèrent à ce ton dur et grondeur dont elle s'étoit armée en le voyant. Il est apparent qu'il n'en découvrit pas le motif, ou qu'il n'en étoit pas touché, et il ne l'est pas moins que sa froideur ou sa distraction déplurent à Fatmé. Insensiblement elle engagea une querelle, elle vit dans un instant à son mari les vices les plus odieux. Quelles horribles mœurs n'avoit-il pas! Quelle débauche! Quelle dissipation! Quelle vie! Elle l'accabla enfin de tant d'injures, que, malgré toute sa patience, il fut obligé de la quitter. Fatmé se fâcha de son départ; le trouble de ses yeux, moins obscur pour moi qu'il ne l'avoit été pour ce mari, m'apprit que ce n'étoit point par son absence qu'elle auroit voulu être calmée, avant même que quelques mots assez singuliers qu'elle prononça, quand elle se vit seule, m'eussent absolument mis au fait de ce qu'elle pensoit là-dessus.

Que cette femme, l'exemple et la terreur de toutes celles d'Agra, qu'elles haïssoient toutes, et que toutes vouloient cependant imiter, devant qui la moins contrainte sur ses passions, se croyoit obligée au moins d'être hypocrite, que cette femme auroit rassuré de gens, s'ils avoient pu comme moi la voir dans la solitude et la liberté du cabinet !

Oui-dà ! dit le Sultan, est-ce que c'étoit une femme, qui dans le fond.... comme il y en a qui font semblant..... C'est que cela arrive, au moins. Il ne faut pas du tout croire que ce soit une chose si peu ordinaire qne celle que je veux dire. Vous m'entendez bien, je pense ?

A la façon dont sa majesté s'explique, reprit Amanzéi, il n'est pas bien difficile de deviner ce qu'elle désire, et sans vouloir me vanter de trop de finesse, j'ose croire que je l'ai pénétrée.

Oui, dit le Sultan, en riant ! eh bien ! voyons un peu, qu'est-ce que je pensois ?

Que Fatmé n'était rien moins que ce qu'elle vouloit paroître, répondit Amanzéi. C'est cela, ou je meure, interrompit le Sultan : continuez, vous avez réellement bien de l'esprit.

Fatmé, en apparence, fuyait les plaisirs, continua Amanzéi, et ce n'étoit que pour s'y livrer avec plus de sûreté. Elle n'étoit pas du nombre de ces femmes imprudentes, qui, ayant donné leur jeunesse à l'éclat, à la dissipation, aux jeunes gens que le caprice met à la mode, quittent dans un âge plus avancé le fard et la parure, et, après avoir été longtemps la honte et le mépris de leur siècle, veulent en devenir l'exemple et l'ornement; plus méprisables en affectant des vertus qu'elles n'ont pas, qu'elles ne l'étoient par l'audace avec laquelle elles affichoient leurs vices. Non, Fatmé avoit été plus prudente. Assez heureuse pour être née avec cette fausseté qu'inspirent aux femmes la nécessité de se déguiser, et le desir de se faire estimer, (desir qui n'est pas toujours le premier qu'elles conçoivent) elle avoit senti de bonne heure qu'il est impossible de se dérober aux plaisirs, sans vivre dans les plus cruels ennuis, et qu'une femme ne peut cependant s'y livrer ouvertement, sans s'exposer à une honte et à des dangers qui les rendent toujours amers. Dévouée à l'imposture dès sa plus tendre jeunesse, elle avoit moins songé à corriger les penchans vicieux de son cœur, qu'à les voiler sous l'apparence de la plus austère vertu. Son âme, naturellement.... dirai-je voluptueuse? non, ce n'étoit pas le caractère de Fatmé: son âme étoit portée aux plaisirs: peu délicate, mais sensuelle, elle se livroit au vice, et ne connoissoit point l'amour. Elle n'avoit pas encore vingt ans, il y en avoit cinq qu'elle étoit mariée, et plus de huit qu'elle avoit prévenu le mariage. Ce qui séduit ordinairement les femmes, ne prenoit rien sur elle; une figure aimable, beaucoup d'esprit, lui inspiroient peut-être des désirs; mais elle n'y cédoit pas. Les objets de ses passions étoient choisis parmi des gens non suspects, engagés par leur genre de vie à taire leurs plaisirs, ou entre ceux que la bassesse de leur état dérobe aux soupçons du public, que la libéralité séduit, que la crainte retient dans le silence, et qui, dévoués en apparence aux plus vils emplois, quelquefois n'en paroissent pas moins propres aux plus doux mystères de l'amour. Fatmé, au reste, méchante, colère, orgueilleuse, s'abandonnoit sans danger à son caractère, il n'y avoit même pas un défaut qu'elle n'eût fait servir avec succès à sa réputation. Haute, impérieuse, dure, cruelle, sans égards, sans foi; sans amitié, le zèle pour Brama, le chagrin que lui causoit le déréglement des autres, le désir de les ramener à eux-mêmes, couvroient et honoroient ces vices. C'étoit toujours à si bonne fin, qu'elle nuisoit! elle étoit si saintement vindicative! son âme étoit si pure! quel moyen de soupçonner un cœur si droit, si sincère, d'être conduit dans ses haines par quelque motif qui lui pût être personnel !

CHAPITRE III.

Qui contient des faits peu vraisemblables.

Après le départ de son mari, Fatmé allait reprendre sa lecture, lorsqu'un vieux bramine, suivi de deux vielles femmes dont il se disoit consolateur, et dont il était le tyran, entra. Fatmé se leva, et les reçut d'un air si modeste, si recueilli, qu'il était impossible de n'y pas être trompé. Il fallut même que le vieux Bramine l'empêcha de se prosterner devant lui, mais ce fut d'un air d'orgueil qui me peignit si bien le cas qu'il faisait de lui-même ; il paraissoit si content de ce qu'elle faisoit pour lui, si persuadé même qu'il méritoit encore plus, qu'il me fut impossible de ne pas rire en moi-même de la sotte vanité de ce ridicule personnage.

Il étoit bien difficile qu'entre des personnes d'un si rare mérite, la conversation ne fût pas aux dépens d'autrui. Ce n'est point que les gens qui vivent dans la dissipation, ne médisent souvent ; mais plus occupés des ridicules que des vices, la médisance n'est pour eux qu'un amusement, et ils ne sont point assez parfaits pour s'en faire un devoir. Ils nuisent quelquefois, mais ils n'ont pas toujours l'intention de nuire, ou du moins leur légèreté et le goût des plaisirs ne leur permettent, ni de la conserver longtems, ni de songer à la mettre à profit. Cette façon aigre et pesante de parler mal des autres, et qu'on trouve si nécessaire pour les corriger, qui, sans cette vue même, paroîtroit si condamnable, leur est inconnue; ils... Aurez-vous fait, interrompit le Sultan en colère? ne voilà-t-il pas vos chiennes de réflexions qui reviennent encore sur le tapis? mais, Sire, lui répondit Amanzéi, il y a bien des occasions où elles sont indispensables. Et moi, je prétends, lui répliqua le Sultan, que cela n'est pas vrai; et quand cela seroit...... En un mot, puisque c'est à moi qu'on fait des contes, j'entends qu'on les fasse à ma fantaisie. Divertissez-moi, et trève, s'il vous plaît, de toutes ces morales qui ne finissent point, et me donnent la migraine. Vous aimez à faire le beau parleur: mais, parbleu! j'y mettrai bon ordre, et je jure foi de Sultan, que je tuerai le premier qui osera me faire une réflexion. Nous verrons à présent comment vous vous en tirerez.

En me préservant des réflexions répondit Amanzéi, puisqu'elles n'ont pas le bonheur de plaire à votre majesté. Fort bien cela, dit le Sultan ; allez.

Jamais on n'est sensible au plaisir de dire mal des autres, qu'on ne le soit aussi à celui de parler bien de soi-même. Fatmé et les personnes qui étaient chez elle, avaient trop de raison de s'estimer beaucoup, pour ne pas mépriser tous ceux qui ne leur ressembloient pas. En attendant qu'on apprêtât ce qui leur étoit nécessaire pour jouer, elles commencèrent une conversation qui ne démentit point leur caractère. Le vieux Bramine cependant dit du bien d'une femme que Fatmé connaissoit, et l'éloge lui déplut; entre toutes les choses contre lesquelles elle se déchainoit, l'amour était ce qui lui paroissoit le plus digne de blâme. Qu'une femme aimât, eût-elle d'ailleurs les qualités les plus estimables, rien ne pouvait la sauver de la haîne de Fatmé; mais qu'elle eut les vices les plus déshonorans et les plus odieux, et qu'on pût ne pas nommer son amant, c'étoit pour elle une personne respectable, et dont on ne pouvoit assez révérer la vertu.

La femme que Bramine louoit étoit, malheureusement pour elle, dans le cas où l'on méritoit l'indignation de Fatmé. Une femme perdue, dit-elle d'un ton aigre, peut-elle mériter vos éloges? Le Bramine se défendit sur ce qu'il ignoroit qu'elle eut des mœurs si condamnables, et Fatmé l'instruisit charitablement des raisons qui la faisaient mépriser.

Je ne doute pas, Fatmé, lui dit alors une de femmes qui étoient chez elle, que, généreuse et portée au bien comme vous l'êtes, vous n soyez infiniment sensible à ce que je vais vou apprendre. Nahami, cette Nahami dont nou avons ensemble tant déploré la perte, Nahami lassée de ses erreurs, vient tout d'un coup d quitter le monde, elle ne met plus de roug Hélas ! s'écria Fatmé, qu'elle est louable, si retour est sincère ! Mais, Madame, vous êt bonne et les personnes de votre caractère so facilement trompées ; je le sens par moi-même quand on est né avec cette candeur, cette dro ture de cœur que vous avez, on n'imagine p que quelqu'un soit assez malheureux pour ne l avoir point. Après tout, c'est un beau défa que de juger trop bien des autres. Mais, po revenir à Nahami, je ne saurois m'empêcher craindre que, dans le fond de l'âme, toute e tière au monde, elle n'en ait pas abjuré sincè rement les erreurs. On quitte le rouge plus ais ment que les vices ; et souvent on prend un plus réservé, plus modeste, moins pour commen cer à entrer dans la vertu, pour imposer monde sur des déréglemens auxquels on est en core attaché.

Mon cher ami, dit Schah-Baham, bâillant, cette conversation m'est mortelle pour l'amour de moi, ne l'achevez pas.

gens-là m'excedent à un point que je ne puis dire. En conscience, cela ne vous ennuie-t-il pas vous même ? En grâce, faites qu'ils s'en aillent. Très-volontiers, Sire, répondit Amanzéi. Après avoir poussé sur Nahami la conversation aussi loin qu'elle put aller, on revint aux médisances générales, et j'appris, en moins d'un moment, toutes les aventures d'Agra. Ensuite on se loua, on se mit tristement au jeu, on le continua avec toute l'aigreur et toute l'avarice possible, et l'on sortit.

J'étois sur les épines, dit le Sultan, vous venez de m'obliger considérablement. Me donnez-vous parole qu'ils ne rentreront pas, ces gens-là ? Oui, Sire, répondit Amanzéi. Eh bien ! reprit le Sultan, pour vous prouver que je sais récompenser les services qu'on me rend, je vous fais Emir ; d'ailleurs, c'est que vous brodez bien, vous travaillez avec ardeur, je crois que vous sortirez bien de votre conte ; enfin...... Tout cela me fait plaisir ; et puis il faut encourager le mérite. Le nouvel Émir, après avoir rendu grâce au Sultan, poursuivit ainsi : Malgré l'air affable de Fatmé, je crus m'appercevoir que la visite de ces trois personnes avait fait sur elle le même effet que sur Votre Majesté, et que, si elle en eût été la maîtresse, elle auroit employé sa journée à d'autres amusemens que ceux qu'elles lui avoient procurés.

Aussi-tôt qu'elles furent sorties, Fatmé se mit à rêver profondément, mais sans tristesse; ses yeux s'attendrirent, ils errèrent languissamment dans le cabinet; il sembloit qu'elle désirât vivement quelque chose qu'elle n'avoit pas, ou dont elle craignoit de jouir. Enfin elle appela.

A sa voix, un jeune esclave d'une figure plus fraîche qu'agréable, se présenta. Fatmé le fixant avec des yeux où regnoit l'amour et le désir, parut cependant irrésolue et craintive. Ferme la porte, Dahis, lui dit-elle enfin, viens, nous sommes seuls, tu peux sans danger te souvenir que je t'aime, et me prouver ta tendresse.

Dahis, à cet ordre, quittant l'air respectueux d'un esclave, prit celui d'un homme que l'on rend heureux. Il me parut peu *délicat*, peu tendre, *mais vif et ardent*, dévoré de *désirs*, ne connoissant point l'art de les satisfaire par degrés, ignorant la galanterie, ne sentant point de certaines choses, ne détaillant rien, mais s'occupant essentiellement de tout. Ce n'étoit pas un amant, et pour Fatmé qui ne cherchoit pas l'amusement, c'étoit quelque chose de plus nécessaire. Dahis louoit grossièrement; mais le peu de finesse de ses éloges ne déplaisoit pas à Fatmé, qui, pourvu qu'on lui prouvât fortement qu'elle inspiroit des désirs, croyoit toujours être louée assez bien.

Fatmé se dédommagea avec Dahis de la réserve avec laquelle elle s'étoit forcée avec son mari. Moins fidèle aux sévères lois de la décence, ses yeux brillèrent du feu le plus vif; elle prodigua à Dahis les noms les plus tendres et les plus ardentes caresses; loin de lui rien dérober de tout ce qu'elle sentoit, elle se livroit à tout son trouble. Plus tranquille, elle faisoit remarquer à Dahis toutes les beautés qu'elle lui abandonnoit, et le forçoit même à lui demander de nouvelles preuves de sa complaisance, et que de lui-même il n'auroit pas désirées.

Dahis cependant paroissait peu touché; ses yeux s'arrêtoient stupidement sur les objets que la facile Fatmé leur présentoit; c'étoit machinalement qu'ils faisoient impression sur lui, son âme grossière ne sentoit rien, le plaisir ne pénétroit même pas jusqu'à elle, pourtant Fatmé étoit contente. Le silence de Dahis et sa stupidité ne choquoient point son amour-propre, et elle avoit de trop bonnes raisons pour croire qu'il étoit sensible à ses charmes, pour ne pas préférer son air indifférent aux éloges les plus outrés et à ses fougueux transports.

Fatmé, en s'abandonnant aux désirs de Dahis, annonçoit assez qu'elle avoit aussi peu de délicatesse que de vertu, et qu'elle n'exigeoit pas de lui cette vertu, et cette extrême vivacité dans les transports, ces riens que la finesse de l'âme et la politesse des manières rendent supérieurs aux plaisirs, ou qui, pour mieux dire, les font eux-mêmes.

Dahis sortit enfin après avoir bâillé plus d'une fois. Il était du nombre de ces personnes malheureuses, qui, ne pensant jamais rien, n'ont jamais aussi rien à dire, et qui sont meilleures à occuper qu'à entendre.

Quelque idée que les amusemens de Fatmé m'eussent donnée d'elle, j'avouerai qu'après la retraite de Dahis, je crus que, ne lui restant plus rien sur quoi elle pût méditer dans ce cabinet, elle en sortiroit bientôt; je me trompois : c'étoit sur ce genre de méditation une femme infatigable. Il n'y avoit pas long-tems qu'elle étoit toute aux réflexions dont Dahis lui avoit fourni si ample matière, lorsqu'il lui arriva de quoi en faire de nouvelles.

Un Bramine sérieux, mais jeune, frais, et avec une de ces physionomies dont l'air composé ne détruit pas la vivacité, entra dans le cabinet. Malgré son habit de bramine, peu fait pour les grâces, il étoit aisé de remarquer qu'il étoit tourné de façon à donner des idées à plus d'une prude; aussi était-il le Bramine d'Agra le plus recherché, le plus consolant, et le plus employé. Il parloit si bien, disoit-on; c'étoit avec tant de douceur qu'il insinuoit dans les âmes le goût de la vertu; le moyen, sans lui, de ne pas s'égarer! Voilà ce qu'en public on disoit de lui; on verra bientôt sur quoi, en particulier, on lui devoit des éloges, et si ceux qu'on lui donnoit le plus haut, étoient ceux qu'il méritoit le mieux.

Cet heureux Bramine s'approcha de Fatmé d'un air doucereux et empesé, plus fade que galant. Ce n'étoit pas qu'il ne cherchât des airs légers, mais il copioit mal ceux qu'il prenoit pour modèles, et le Bramine perçoit au travers du masque qu'il empruntoit.

Reine des cœurs, dit-il à Fatmé, en minaudant, vous êtes aujourd'hui plus belle que les êtres heureux destinés au service de Brama. Vous élevez mon âme à une extase qui a quelque chose de céleste, et que je voudrais bien vous voir partager. Fatmé, d'un air languissant, lui répondit sur le même ton; et, le Bramine n'en changeant point, il s'établit entre eux une conversation fort tendre, mais où l'amour parlait une langue bien étrangère, et en apparence bien peu faite pour lui. Sans leurs actions, je doute que j'eusse jamais compris leurs discours.

Fatmé, qui naturellement faisait assez peu de cas de l'éloquence, et qui, quoiqu'elle en dit, n'estimoit pas beaucoup celle du Bramine même, fut la première à s'ennuyer du sentiment. Le Bramine à qui il ne plaisoit pas plus qu'à elle, le quitta bientôt aussi, et cette conversation si fade, si doucereuse, finit comme celle de Dahis avoit commencé.

Il est vrai cependant que Fatmé, en faisant les mêmes choses, étoit plus soigneuse des dehors. Elle vouloit et paroître délicate, et que le Bramine pût croire qu'elle ne cédoit qu'à l'amour.

Le Bramine, qui, pour le caractère et la figure, ressembloit assez à Dahis, ne lui fut inférieur en rien, et mérita tous les complimens que lui prodiguoit sans cesse la complaisante Fatmé. Après qu'ils eurent donné à leur tendresse ce qu'elle avoit exigé d'eux, ils tournèrent la vertu en ridicule, s'entretinrent ensemble du plaisir qu'il y a à tromper les autres et se firent mutuellement des leçons d'hypocrisie. Ces deux odieuses personnes se séparèrent enfin, et Fatmé alla désespérer son mari, et faire parade de ses mortifications.

Pendant que je fus chez elle je ne lui connus point d'autres façons d'amuser ses loisirs, que celles que j'ai racontées à Votre toujours auguste Majesté.

Fatmé, toute prudente qu'elle étoit, s'oublioit quelquefois. Un jour que seule avec son Bramine elle se livroit à ses transports, son mari, que le hasard conduisit à la porte du cabinet, entendit des soupirs, et de certains termes qui l'étonnèrent. Les occupations publiques de Fatmé laissoient si peu imaginer ses amusemens particuliers, que je doute que son mari dévinât d'abord de qui partoient les soupirs et les étranges paroles qui venoient de frapper ses oreilles.

Soit enfin qu'il crût reconnoître la voix de Fatmé, soit que la curiosité seule lui fît désirer de s'éclaircir de cette aventure, il voulut entrer dans le cabinet. Malheureusement pour Fatmé, la porte n'étoit pas bien fermée, et il l'enfonça d'un seul coup.

Le spectacle qui frappa ses yeux le surprit au point que, sa fureur demeurant suspendue, il sembla pendant quelques instans douter de ce qu'il voyait, et ne savoit à quoi se déterminer. Perfides! s'écria-t-il enfin, recevez le châtiment dû à vos vices, et à votre hypocrisie.

A ces mots, sans écouter ni Fatmé ni le Bramine, qui s'étoient précipités à ses pieds, il les fit expirer sous ses coups. Quelqu'affreux que fût ce spectacle, il ne me toucha pas. Ils avoient tous deux trop mérité la mort, pour qu'ils pussent être plaints, et je fus charmé qu'une aussi terrible catastrophe apprît à tout Agra ce qu'avoient été deux personnes qu'on y avoit si long-temps regardées comme des modèles de vertu.

CHAPITRE IV.

Où l'on verra des choses qu'il se pourroit bien qu'on n'eût pas prévues.

Après la mort de Fatmé, mon âme prit son essor, et vola dans un palais voisin, où tout m parut à-peu-près réglé comme dans celui qu j'abandonnois. Dans le fond pourtant, on y pen soit d'une façon bien différente.

Ce n'étoit pas que la Dame qui l'habitoit e trât dans cet âge où les femmes un peu sensées quand elles ne condamneroient pas la galanter comme un vice, la regardent au moins comme un ridicule. Elle étoit jeune et belle, et l' ne pouvoit pas dire qu'elle n'aimoit la vert que parce qu'elle n'étoit point faite pour l' mour. A son air simple et modeste, au soi qu'elle prenoit de faire de bonnes actions et les cacher, à la paix qui sembloit régner da son cœur, on devait croire qu'elle étoit née qu'elle paroissoit. Sage sans contrainte et sa vanité, elle ne se faisoit ni une peine, ni mérite de suivre ses devoirs. Jamais je ne la un moment, ni triste, ni grondeuse; sa ve étoit douce et paisible, elle ne s'en faisoit un droit de tourmenter, ni de mépriser autres, et elle étoit sur cet article beaucou plus réservée que ne le sont ces femmes qu ayant tout à se reprocher, ne trouvent cependant personne exempt de reproche. Son esprit étoit naturellement gai, et elle ne cherchoit pas à en diminuer l'enjouement. Elle ne croyoit pas sans doute, comme beaucoup d'autres, qu'on n'est jamais plus respectable que lorsqu'on est fort ennuyeux. Elle ne médisoit point et n'en savoit pas moins amuser. Persuadée qu'elle avoit autant de foiblesses que les autres, elle savoit pardonner à celles qu'elle leur découvroit. Rien ne lui paraissoit vicieux ou criminel que ce qui l'est effectivement. Elle ne se défendoit pas les choses permises, pour ne se permettre, comme Fatmé, que celles qui sont défendues. Sa maison étoit sans faste, mais tenue noblement. Tous les honnêtes gens d'Agra se faisoient honneur d'y être admis, tous vouloient connoître une femme d'un aussi rare caractère, tous la respectoient; et, malgré ma perversité naturelle, je me vis enfin forcé de penser comme eux.

J'étois, lorsque j'entrai chez cette dame, si rempli encore de la fausseté de Fatmé, que je ne doutai pas d'abord qu'elle ne fît les mêmes choses, et je confondis, au premier coup-d'œil, la femme vertueuse avec l'hypocrite. Jamais je ne voyois entrer un esclave, ou un Bramine, sans croire qu'on me mettroit de la conversation, et je fus long-tems étonné d'y être toujours compté pour rien.

L'oisiveté à laquelle on me condamnoit dans cette maison, m'ennuya enfin, et persuadé que ce seroit envain que j'attendrois qu'on m'en donnât matière à observations, je quittai le Sopha de cette dame, charmé d'être convaincu par moi-même qu'il y avait des femmes vertueuses, mais désirant assez peu d'en retrouver de pareilles.

Mon âme, pour varier les spectacles que son état actuel pouvait lui procurer, ne voulut pas, en quittant ce palais, rentrer dans un autre, et s'abattit dans une vilaine maison obscure, petite, de mauvaise mine, et telle que je doutai d'abord s'il y auroit de quoi m'en donner retraite. Je pénétrai dans une chambre triste, meublée au-dessous du médiocre, et dans laquelle pourtant je fus assez heureux pour rencontrer un sopha, qui, terni, délabré, témoignoit assez que c'étoit à ses dépens qu'on avoit acquis les autres meubles qui l'accompagnoient. Ce fut, avant que je susse chez qui j'étois, la premiere idée qui me vint, et quand je l'appris, je ne changeai pas d'opinion.

Cette chambre en effet servoit de retraite à une fille assez jolie, et qui par sa naissance et par elle-même, étant ce qu'on appelle mauvaise compagnie, voyoit cependant quelquefois les gens qui, dit-on, composent la bonne. C'étoit une jeune danseuse, qui venoit d'être reçue parmi celles de l'Empereur, et dont la fortune et la réputation n'étoient pas encore faites, quoiqu'elle connût particulièrement presque tous les Seigneurs d'Agra, qu'elle les comblât de ses bontés, et qu'ils l'assurassent de leur protection. Je doute même, quelque chose qu'ils lui promissent, que sans un intendant des domaines de l'Empereur qui prit du goût pour elle, sa fortune eût si-tôt changé de face.

Abdalathif, c'est le nom de cet intendant, par sa naissance et par son mérite personnel, ne faisoit pas une conquête brillante. Il étoit naturellement rustre et brutal, et depuis sa fortune, il avoit joint l'insolence à ses autres défauts. Ce n'étoit pas qu'il ne voulût être poli; mais persuadé qu'un homme comme lui honore quelqu'un quand il lui marque des égards, il avoit pris cette politesse froide et sèche des gens d'un certain rang, qu'en eux on veut bien appeller dignité, mais qui dans Abdalathif étoit le comble de la sottise, et de l'impertinence. Né dans l'obscurité la plus profonde, non-seulement il l'avoit oubliée, mais même, il n'y avoit rien qu'il ne fît pour se donner une origine illustre; il couronnoit ses travers en jouant perpétuellement le seigneur; vain et insolent, sa familiarité outrageoit autant que sa hauteur; ignoble, et sans goût dans sa magnificence, elle n'étoit en lui qu'un ridicule de plus. Avec peu d'esprit et moins encore d'éducation, il n'y avoit rien à quoi il ne crût se connoître, et dont il ne voulût décider. Tel qu'il étoit cependant, on le ménageoit, non qu'il pût nuire, mais il savoit obliger. Les plus grands d'Agra étoient assidûment ses complaisans et ses flatteurs, et leurs femmes même étoient sur le pied de lui pardonner des impertinences qu'avec elles il poussoit à l'excès, ou de ne rien refuser à ses desirs. Quelque couru qu'il fût dans Agra, il étoit quelquefois bien aise de se délasser des trop grands empressemens des femmes de qualité, et de chercher des plaisirs, qui, pour être moins brillans, n'en étaient pas moins vifs, et (selon ce qu'il avoit l'insolence de dire), souvent guères plus dangereux.

Ce fut un soir en sortant de chez l'Empereur, devant qui Amine avoit dansé, que ce nouveau protecteur la ramena chez elle. Il promena dans son triste et obscur logement des regards orgueilleux et distraits, puis en daignant à peine lever les yeux sur elle : vous n'êtes pas bien ici, lui dit-il, il faut vous en tirer. C'est autant pour moi que pour vous, que je veux que vous soyez plus convenablement logée. On se moqueroit de moi, si une fille de qui je me mêle, n'étoit pas d'une façon à se faire respecter. Après ces paroles, il s'assit sur moi, et la tirant sur lui brusquement, il prit avec elle toutes les libertés qu'il voulut ; mais comme il avoit plus de libertinage que de désirs, elles ne furent pas excessives.

Amine que j'avois vue haute et capricieuse avec les seigneurs qui alloient chez elle, loin de prendre avec Abdalathif des airs familiers, le traitoit avec un extrême respect, et n'osoit même le regarder que quand il paroissoit désirer qu'elle le fît. Vous me plaisez assez, lui dit-il enfin, mais je veux qu'on soit sage. Point de jeunes gens, des mœurs, une conduite réglée ; sans tout cela, nous ne serions pas long-temps bons amis. Adieu, petite, ajouta-t-il en se levant, demain vous entendrez parler de moi ; vous n'êtes point meublée de façon qu'on puisse aujourd'hui souper avec vous, j'y vais pourvoir, bonjour.

En achevant ces mots, il sortit ; Amine le reconduisit respectueusement, et revint sur moi se livrer à toute la joie que lui causoit sa bonne fortune, et compter, avec sa mère, les diamans et les autres richesses qu'elle attendoit le lendemain de la générosité d'Abdalathif.

Cette mère, qui, quoique femme d'honneur, étoit la plus complaisante des mères, exhortoit sa fille à se conduire sagement dans le bonheur qu'il plaisoit à Brama de lui envoyer, et comparant l'état où elles allaient se trouver, faisoit mille réflexions sur la providence des Dieux qui n'abandonne jamais ceux qui la méritent.

Elle fit après cela une longue énumération des seigneurs qui avoient été amis de sa fille. Combien peu leur amitié vous a-t-elle été utile ! mon enfant, lui disoit-elle ; aussi, c'est bien votre faute. Je vous l'ai dit mille fois, vous êtes née trop douce. Ou vous vous donnez par pure indolence, ce qui est un grand vice ; ou, ce qui ne vaut pas mieux, et vous a donné de gands ridicules, vous vous prenez de fantaisie. Je ne dis pas qu'on ne se satisfasse quelquefois, à Dieu ne plaise ! mais il ne faut pas tellement se sacrifier à ses plaisirs, qu'on en néglige sa fortune ; il faut surtout éviter qu'on ne puisse dire qu'une fille comme vous peut se livrer quelquefois à l'amour, et malheureusement vous avez donné là-dessus matière à bien des propos. Enfin, vous êtes encore bien jeune, et j'espère que cela ne vous fera pas grand tort. Rien ne perd tant les personnes de votre condition que ces étourderies que j'ai entendu nommer des complaisances gratuites. Quand on sait qu'une fille est dans la malheureuse habitude de se donner quelquefois pour rien, tout le monde croit être fait pour l'avoir au même prix, ou, du moins, à bon marché. Voyez Roxane, Atalis, Elzire ; elles n'ont pas une foiblesse à se reprocher, aussi Brama a béni leur conduite. Moins jolies que vous, voyez comme elles sont riches ! profitez bien de leur exemple, ce sont des filles bien raisonnables.

Hé oui ! ma mère, oui, répondit Amine, que cette exhortation impatientoit, j'y songerai ; mais me conseillerez-vous pourtant de n'être qu'au monstre que j'ai actuellement ! cela est impossible, je vous en avertis.

Vraiment non, reprit la mère : à l'égard de son cœur, on n'en est pas la maitresse ; je dis simplement qu'il faut que vous renonciez aux seigneurs de la cour, à moins que vous ne les voyiez *incognitò*, et qu'ils n'aient pour vous de meilleures façons qu'ils n'en ont eues jusques ici. Si vous voulez je leur parlerai, moi. Vous avez Massoud que vous aimez, c'est un bon choix, il n'est connu de personne, il se prête à tout, vous le faites passer pour votre parent, on le prend pour cela, il n'y à rien à dire. Ce Monsieur qui vous veut du bien s'y trompera comme les autres ; en vous conduisant avec prudence, il ne se doutera de rien, etc....

Croyez-vous, ma mère, interrompit Amine, qu'il me donne des diamans ? Ah ! oui, il m'en donnera. Ce n'est pas, ajoutoit-elle, que j'aie de la vanité, mais quand on tient un certain rang, on est bien aise d'être comme tout le monde. Là-dessus elle se mit à compter toutes les filles qui seroient désespérées, et des diamans et des belles robes qu'elle auroit. Idée qui la flattoit plus que la fortune même.

Le lendemain d'assez bonne heure, un char

vint la prendre, et mon âme curieuse de voir l'usage qu'Amine feroit des conseils de sa mère, la suivit. On la conduisit dans une jolie maison toute meublée, qu'Abdalathif avoit dans une rue détournée. Je me plaçai en y arrivant, dans un Sopha superbe que l'on avoit mis dans un cabinet extrêmement orné. Jamais je n'ai vu personne dans une aussi sotte admiration, que celle qu'Amine témoignoit pour tout ce qui s'y offroit à ses yeux. Après avoir curieusement examiné tout, elle vint se mettre à sa toilette. Les vases précieux dont elle la vit couverte, un écrin rempli de diamans, des esclaves bien vêtus, qui, d'un air respectueux, s'empressoient à la servir, des marchands et des ouvriers qui attendoient ses ordres, tout la transportoit et augmentoit son ivresse.

Quand elle en fut un peu revenue, elle songea au rôle qu'elle devoit jouer devant tant de spectateurs. Elle parla à ses esclaves avec hauteur, aux marchands et aux ouvriers avec impertinence, choisit ce qu'elle voulut, ordonna que tout ce qu'elle commandoit fut prêt pour le lendemain au plus tard, se remit à sa toilette, y resta long-tems, et en attendant les magnificences qui lui étoient destinées, se révêtit d'un déshabillé superbe qui avoit été fait pour une princesse d'Agra, et qu'elle trouva à peine assez beau pour elle.

Elle passa la plus grande partie de la journée à s'occuper de tout ce qu'elle voyoit, et à attendre Abdalathif. Vers le soir enfin, il parut. Hé bien ! petite, lui dit-il, comment vous trouvez-vous de tout ceci? Amine se précipita à ses pieds, et dans les termes les plus ignobles le remercia de tout ce qu'il faisoit pour elle.

J'étois étonné, moi qui jusques alors avois été en bonne compagnie, de tout ce qui frappoit mes oreilles. Ce n'étoit pas que je n'eusse jamais entendu de sottises, mais du moins elles étoient élégantes, et de ce ton noble avec lequel il semble presque qu'on n'en dit pas.

CHAPITRE V.

Meilleur à passer qu'à lire.

Avant que de s'engager dans une plus longue conversation, Abdalathif tira de sa poche une longue bourse pleine d'or, qu'il jetta sur une table d'un air négligeant. Serrez-ceci, lui dit-il, vous en aurez peu de besoin. Je me charge de toute la dépense de votre maison, et de celle de votre personne. Je vous ai envoyé un cuisinier : c'est, après le mien, le meilleur d'Agra. Je compte souper souvent ici. Nous n'y serons pas toujours seuls ; des seigneurs de mes amis, avec quelques beaux-esprits, à qui je prête de l'argent, y viendront quelquefois. On y joindra de vos compagnes, des plus jolies s'entend; cela fera des soupers gais, je les aime.

A ces mots, il la conduit dans le petit cabinet où j'étois, et la mère d'Amine, cette femme respectable, qui jusques-là avoit été présenté à la conversation, se retira et ferma la porte.

Ce n'est pas d'une pareille conversation. dit Amanzéi en s'interrompant, que je rendrai un compte exact à votre majesté; Amine y parut tout-à-fait tendre et vive jusqu'au transport. Abdalathif avoit pris soin de dire auparavant que les femmes réservées dans leurs discours lui déplaisoient et, avec l'envie qu'Amine avoit de lui plaire, son éducation et les habitudes qu'elle avoit contractées, votre majesté imagine sans peine qu'il se tint des propos qu'il seroit difficile de lui rendre, et qui d'ailleurs ne la flatteroient pas.

Pourquoi cela, demanda le Sultan, peut-être les trouverois-je fort bons. Voyons un peu. Voyez, dit la Sultane en se levant, mais comme je suis sûre qu'ils ne m'amuseroient pas, vous trouverez bon que je sorte.

Voyez-vous cela! s'écria le Sultan, la belle modestie! Vous croyez peut-être que j'en suis la dupe? détrompez-vous. Je connois les femmes à présent, et je me souviens d'ailleurs qu'un homme qui les connoissoit aussi bien que moi, ou à peu près, m'a dit que les femmes ne font rien avec tant de plaisir que ce qui leur est défendu, et qu'elles n'aiment que les discours qu'il semble qu'elles ne doivent pas entendre; par conséquent, si vous sortez, ce n'est pas que vous ayez envie de sortir. Mais n'importe, Amanzéi me dira à mon coucher ce que vous ne voulez pas qu'il me dise à présent. Cela fera précisément que je n'y perdrai rien, n'est-il pas vrai? Amanzéi n'avoit garde de ne pas convenir que le Sultan avoit raison, et, après avoir exagéré la prudence de sa conduite, il continua ainsi.

Après l'entretien d'Abdalathif et d'Amine, qui, par parenthèse, fut plus long qu'intéressant, on servit. Comme je n'étois pas dans la salle à manger, je ne puis, sire, vous rendre compte de ce qu'ils y dirent. Ils revinrent long-temps après. Quoiqu'ils eussent soupé tête-à-tête, il me parut qu'ils n'en avoient pas été plus sobres. Après quelques fort mauvais discours, Abdalathif s'endormit sur le sein de sa dame.

Amine, toute complaisante qu'elle étoit, trouva mauvais d'abord qu'Abdalathif prît avec elle de si grandes libertés. Sa vanité souffrait aussi du peu de cas qu'il paraissoit faire d'elle. Les éloges qu'il lui avoit donnés sur la façon dont elle avoit soutenu l'entretien qu'elle avoit en avec lui, l'avoient enorgueillie, et lui faisoient croire qu'elle méritoit qu'il prît la peine de l'entretenir encore. Malgré les attentions qu'elle devoit à Abdalathif, elle s'ennuya de la contrainte où il la retenoit, et elle en auroit étourdiment marqué son chagrin, si Abdalathif, ouvrant pésamment les yeux, ne lui eût demandé d'un ton brusque l'heure qu'il étoit. Il se leva sans attendre la réponse. Adieu, lui dit-il, en la caressant brutalement, je vous ferai dire demain si je puis souper ici. A ces mots il voulu sortir. Quelqu'envie qu'eût Amine qu'il la laissât libre, elle crut devoir le retenir; quoi qu'elle poussa la fausseté jusqu'à pleurer de son départ, il fut inexorable, et se débarrassa des bras d'Amine, en lui disant qu'il vouloit bien qu'elle l'aimât, mais qu'il ne prétendoit pas être gêné.

D'abord qu'il fut sorti, elle sonna, en l'honorant à demi-bas de toutes les épithètes qu'il méritoit. Pendant qu'on la déshabillait, sa mère vint lui parler bas. La nouvelle qu'elle donnoit à Amine lui fit hâter ses esclaves; enfin elle ordonna qu'on la laissât seule. Peu de momens après que sa mère et ses esclaves se furent retirés, la première rentra. Elle menoit un nègre mal fait, horrible à voir, et qu'Amine n'eût pourtant pas plutôt apperçu, qu'elle vint l'embrasser avec emportement.

Amanzéi, dit le sultan, si vous ôtiez ce nègre-là de votre histoire, je pense qu'elle n'en seroit pas plus mauvaise. Je ne vois pas ce qu'il y gâte, Sire, répondit Amanzéi. Je m'en vais vous le dire, moi, répliqua le sultan, puisque vous n'avez pas l'esprit de le voir. La première femme de mon grand-père Schah-Riar couchoit avec tous les nègres de son palais. Ç'a été, grâce à Dieu, une chose assez notoire. En conséquence de ce, mon susdit grand-père, non-seulement fit étrangler celle-là, mais toutes les autres qu'il eut après, jusques à ma grand'mère Schéhérazade, qui lui en fit perdre l'habitude. Donc, je trouve fort peu respectueux que l'on vienne, après ce qui est arrivé dans ma famille, me parler de nègres, comme si je n'y devois prendre aucun intérêt. Je vous passe celui-ci, puisqu'il est venu, mais qu'il n'en vienne plus, je vous prie. Amanzéi, après avoir demandé pardon au sultan de son étourderie, continua ainsi: Ah! Massoud, dit Amine à son amant, que j'ai souffert d'être deux jours sans te voir! Que je haïs le monstre qui m'obsède! Qu'on est malheureuse de se sacrifier à sa fortune.

Massoud, à tout cela répondoit assez peu de choses. Il lui dit cependant que, quoiqu'il l'aimât avec toute la délicatesse possible, il n'étoit pas fâché qu'Abdalathif eût pour elle des attentions. Il l'exhorta ensuite à faire tout ce qui seroit convenable pour le ruiner, et se livrant après à toute la fureur des caresses d'Amine, ils commencèrent une sorte d'entretien dont la joie de tromper Abdalathif augmentoit encore la vivacité. Avant que de sortir du cabinet, elle paya fort généreusement Massoud de l'extrême amour qu'il lui avoit témoigné.

Elle passa avec lui la plus grande partie de la nuit, et le renvoya enfin lorsqu'elle vit paroitre le jour; et la mère d'Amine, qui, par une porte de son appartement qui donnoit dans celui de sa fille, l'avoit introduit, le fit sortir par la même voie.

Amine passa la matinée à essayer toutes les robes qu'elle avoit commandées, et à en ordonner d'autres. Ce fut son amusement jusques à l'heure qui lui étoit marquée pour aller danser chez l'Empereur. Elle en fut ramenée par Abdalathif; ils étoient suivis de quelques jolies compagnes d'Amine, de quelques jeunes Omrahs, et de trois beaux esprits des plus renommés d'Agra. Ils s'empressèrent à l'envie de louer la magnificence d'Abdalathif, son goût, son air noble, la délicatesse de son esprit, et la rareté de ses lumières. Je ne concevois pas comment des gens qui, par leur naissance ou leurs talens, tenoient un rang distingué, pouvoient se pardonner la bassesse et la fausseté de leurs éloges. Ils n'oublioient pas même de louer Amine: mais, à la vérité, c'étoit d'une façon qui devoit lui faire sentir qu'elle n'étoit que subalterne, et que, sans ce qu'on vouloit bien devoir à Abdalathif, on auroit été avec elle aussi familier que l'on cherchoit à le paroître peu. Après les louanges d'Abdalathif, chacun se dispersa dans le sallon avec qui il lui p'ut. La conversation étoit selon ceux qui parloient, tantôt vive, tantôt plate, et en tout il me parut que l'on ménageoit assez peu les dames qui devoient souper chez Amine, et qu'elles ne s'en offensoient guères.

On descendit enfin pour souper. Comme il n'y avoit pas de retraite pour mon âme dans le lieu où l'on mangeoit, je ne pus pas entendre les discours qui s'y tinrent. A en juger par ceux qui précédèrent le souper, et ceux qui le suivirent, on pouvoit ne pas regretter de n'être point à portée de les entendre.

Abdalathif noyé dans le vin, enivré des éloges que le mérite qu'on avoit découvert à son cuisinier avoit rendu plus vifs et plus nombreux, ne tarda point à s'endormir. Un jeune homme, qui avoit intérêt qu'il laissât bientôt Amine en état de disposer d'elle, osa bien l'éveiller pour lui représenter qu'un homme comme lui, chargé des plus grandes affaires, et nécessaire à l'État, autant qu'il l'étoit, pouvoit quelquefois permettre aux plaisirs de le distraire, mais ne devoit jamais s'y abandonner. Il prouva si bien enfin à Abdalathif combien il étoit cher au prince et au peuple; qu'il le convainquit qu'il ne pouvoit différer de s'aller coucher, sans que l'État ne risquât d'y perdre son plus ferme appui.

Il sortit, et tout le monde avec lui. Quelques regards que j'avois surpris entre Amine, et le jeune homme qui venoit de haranguer si bien Abdalathif, me firent croire que je le reverrois bientôt. Elle se mit à la toilette d'un air nonchalant, et débarrassée de cet attirail superbe, plus gênant encore pour les plaisirs, qu'il n'est satisfaisant pour l'amour-propre, elle ordonna qu'on la laissât seule.

La respectable mère d'Amine, gagnée apparemment par le récit que le jeune homme lui avoit fait de ses souffrances, (car je ne saurois croire qu'une âme si belle eût pu être sensible à l'intérêt) l'introduisit discrètement dans l'appartement de sa fille, et ne se retira qu'après qu'il lui eut donné parole positive de ne faire à Amine aucune proposition qui pût allarmer la pudeur d'une fille aussi sage et aussi modeste.

En vérité! dit Amine au jeune homme, quand ils furent seuls, il faut que je vous aime bien tendrement pour m'être déterminée à ce que je fais! Car enfin, je trompe un honnête-homme, que je n'aime point à la vérité, mais à qui pourtant je devrois être fidelle. J'ai tort, je le sens bien: mais l'amour est une terrible chose, et ce qu'il me fait faire aujourd'hui est bien éloigné de mon caractère. Je vous en sais d'autant plus de gré, répondit le jeune homme, en voulant l'embrasser. Oh! pour cela, repliqua-t-elle, en le repoussant, voilà ce que je ne veux pas vous permettre: de la confiance, du sentiment, du plaisir à vous voir, je vous en ai promis, mais si j'allois plus loin je trahirois mon devoir. Mais, mon enfant, lui dit le jeune homme, deviens-tu folle? Qu'est-ce donc que le jargon dont tu te sers? Je te crois tout le sentiment du monde, assurément: mais à quoi veux-tu qu'il nous serve? Est-ce pour cela que je suis venu ici?

Vous vous êtes trompé, répondit-elle, si vous avez attendu de moi quelqu'autre chose. Quoique je n'aime point le seigneur Abdalathif, j'ai fait vœu de lui être fidelle, et rien ne peut m'y faire manquer. Ah! petite reine, répartit le jeune homme en raillant, d'abord que tu as fait un vœu, je n'ai rien à dire, cela est respectable; et pour la rareté du fait, je te permets d'y demeurer fidelle. Hé! dis-moi, en as-tu beaucoup fait de pareils en ta vie? Ne raillez pas, répondit Amine, je suis fort scrupuleuse. Oh! tu ne m'étonnes point, repliqua-t-il, vous autres filles, tant soit peu publiques, vous vous piquez toutes de scrupules, et vous en avez en général beaucoup plus que les femmes vertueuses. Mais à propos de ton vœu, tu aurois tout aussi bien fait de m'en instruire tantôt et de ne me pas faire prendre la peine de venir passer la nuit ici. Cela est vrai, répondit-elle d'un air embarrassé, mais vous m'avez fait des propositions si brillantes, que d'abord elles m'ont éblouie, je l'avoue. Hé! lui demanda-t-il, la réflexion te les a donc gâtées? Tiens, poursuivit-il en tirant une bourse, voilà ce que je t'ai promis, je suis homme de parole; il y a là-dedans de quoi guérir tes scrupules, et te relever de tous les vœux que tu as pu faire. Conviens-en du moins. Que vous êtes badin! répondit-elle en se saisissant de la bourse, vous me connoissez bien peu! Je vous jure, sans l'inclination que je me sens pour vous.... Finissons cela, interrompit-il. Pour te prouver combien je suis noble, je te dispense des remercîmens, et même de cette prodigieuse inclination que tu as pour moi: aussi-bien, dans le marché que nous avons fait ensemble, ne m'a-t-elle servi à rien. Je te paye même aussi cher que si j'étois en premier, et tu sais bien que cela n'est pas dans les règles. Il me semble que si, répondit Amine, je fais une perfidie pour vous, et.... Si je ne payois, interrompit-il, qu'à raison de ce qu'elle te coûte, je te réponds que je t'aurois pour rien. Mais encore une fois, finissons, quoique tu aies de l'esprit autant qu'on en puisse avoir, la conversation m'ennuie.

Quelque impatience qu'il marquât, il ne pût empêcher qu'Amine, qui étoit la prudence même, ne comptât l'argent qu'il venoit de lui donner. Ce n'étoit pas, disoit-elle, qu'elle se défiât de lui, mais il pouvoit lui-même s'être trompé; enfin elle ne se rendit à ses désirs, que quand elle fut sûre qu'il n'avoit point commis d'erreur de calcul.

Lorsque le jour fut prêt à paroître, la mère d'Amine revint, et dit au jeune homme qu'il étoit tems qu'il se retirât: il n'étoit pas tout-à-fait de cet avis. Quoiqu'Amine le priât de vouloir bien ménager sa réputation, cette considération ne l'aurait sûrement pas ébranlé, et malgré ses prières, il seroit resté, si Amine ne lui eût promis de lui accorder à l'avenir autant de nuits qu'elle pourroit en dérober à Abdalathif.

Outre Abdalathif, Massoud, et ce jeune homme à qui quelquefois elle tenoit parole, Amine, qui avoit reconnu l'utilité des conseils que sa mère lui avoit donnés, recevoit indifféremment tous ceux qui la trouvoient assez belle, pour la désirer, pourvu cependant qu'ils fussent assez riches pour lui faire agréer leurs soupirs. Bonzes, Bramines, Imans, Militaires, Cadis, hommes de toutes nations, de tout genre, de tout âge, rien n'étoit rebuté. Il est vrai que, comme elle avoit des principes et des scrupules, il en coûtoit plus aux étrangers, à ceux surtout qu'elle regardoit comme des infidèles, qu'à ses compatriotes et à ceux qui suivoient la même loi qu'elle. Ce n'étoit qu'à prix d'argent qu'ils pouvoient vaincre ses répugnances, et, après qu'elle s'étoit donnée, triompher de ses remords. Elle s'étoit même fait là-dessus des arrangemens singuliers. Il y avoit des cultes qu'elle avoit plus en horreur que les autres, et je m'en souviendrai toujours qu'il en coûta plus à un Guèbre, pour obtenir d'elle des complaisances, qu'il n'en avoit coûté en pareil cas à dix Mahométans.

Soit qu'Abdalathif fût trop persuadé de son mérite, pour croire qu'Amine pût être infidelle, soit qu'aussi ridiculement, il comptât sur les sermens qu'elle lui avoit faits de n'être jamais qu'à lui, il fut long-tems avec elle dans la plus parfaite sécurité, et sans un événement imprévu, quoiqu'il ne fût pas sans exemple, il est apparent qu'il y auroit toujours été plongé.

J'entends bien, dit alors le Sultan : quelqu'un lui dit qu'elle étoit infidelle. Non, Sire, répondit Amanzéi. Ah ! oui, reprit le Sultan, je vois à présent que c'étoit tout autre chose, cela se devine : lui-même il la surprit. Point du tout, Sire, repartit Amanzéi, il auroit été trop heureux d'en être quitte à si bon marché. Je ne sais donc plus ce que c'étoit, dit Schah-Baham : au fond ce ne sont pas mes affaires, et je n'ai pas besoin de me tourner la tête, pour deviner quelque chose qui ne m'intéresse pas.

CHAPITRE VI.

Pas plus extraordinaire qu'amusant.

Le moment fatal où toutes les grandeurs, les diamants, les richesses qu'Amine possédoit, alloient s'évanouir pour elle, étoit venu. Du moins pour se consoler de leur perte, lui restoit-il le souvenir du beau songe, et Abdalathif, supposé qu'il l'eût rêvé, ne l'avoit pas fait aussi agréablement qu'elle.

Depuis quelques jours, j'avois remarqué qu'Amine étoit plus triste qu'à l'ordinaire, sa maison, la nuit étoit fermée, et le jour elle ne voyoit qu'Abdalathif. On lui avoit écrit beaucoup de lettres, et toutes l'avoient chagrinée. Je me perdois en réflexions pour deviner ce qu'elle pouvoit avoir, et ne pouvant le pénétrer, je fus assez imbécille pour croire que les remords dont elle étoit agitée, causoient seuls le chagrin qu'elle paroissoit avoir.

Quoique la connoissance que j'avois de son caractère, dût m'interdire cette idée, la difficulté de pénétrer la cause de son inquiétude, me la fit former. Je en fus pas long-tems à voir que je m'étois trompé surt-tout ce que j'àvois imaginé.

Amine, l'air embarrassé, pensif, sombre, étoit un matin à sa toilette. Abdalathif entra. Elle rougit à sa vue, elle n'étoit pas accoutumée à le voir le matin, et cette visite inopinée lui déplut. Confuse et timide, à peine osa-t-elle lever les yeux sur lui. A la mine refrognée d'Abdalathif, aux regards terribles que de temps en temps il lançoit sur elle, il n'étoit pas difficile de juger qu'il étoit tourmenté d'une idée fâcheuse à laquelle, vraisemblablement, elle avoit donné lieu. Amine, sans doute, savoit ce que c'étoit, car elle n'osa jamais le lui demander. Il garda quelque temps le silence. Vous êtes jolie! lui dit-il enfin, avec une fureur ironique, vous êtes jolie! Oui, très-fidelle! Oh! parbleu, ma Reine, parbleu! on saura vous apprendre à être sage, et vous mettre en lieu où vous serez forcée de l'être, du moins quelque temps.

Quel est donc ce discours, Monsieur? lui répondit Amine d'un air de hauteur : est-ce à une personne comme moi, qu'il peut jamais s'adresser? Mesurez un peu vos paroles, je vous prie.

L'insolence d'Amine, dans la situation présente, parut si singulière à Abdalathif, que d'abord elle le confondit; mais ensuite la fureur prenant le dessus, il l'accabla de toutes les injures et de tout le mépris qu'il croyoit lui devoir. Amine voulut alors entrer en justification : mais Abdalathif, qui, sans doute, avoit des témoins convaincans de ce dont il l'accusoit, lui ordonna brusquement de se taire.

Amine convint en ce moment qu'Abdalathif avoit raison de se plaindre ; mais il lui paroissoit si peu possible que ce fût d'elle, qu'elle n'en revenoit pas. Elle crut même devoir à son tour l'accabler de reproches sur ses infidélités, lui faire même des remontrances sur les mauvais choix qu'il faisoit ; toutes choses qu'elle ne lui disoit, ajouta-t-elle, que par l'extrême intérêt qu'elle osoit prendre à ce qui le regardoit.

Une impudence si soutenue impatienta enfin Abdalathif au point qu'il pensa s'échapper tout-à-fait. Amine, voyant qu'il n'étoit la dupe, ni de sa hauteur ni de ses reproches, et craignant, à la fureur où elle le voyoit, que cette scène ne finît pour elle, de la façon la plus tragique, crut enfin qu'elle devoit prendre le parti des larmes et de la soumission. Ce fut en vain, rien ne calma Abdalathif : je ne vous dirai pas ce qu'il avoit, mais jamais je n'ai vu d'homme si fâché. De moment en moment il entroit dans des accès de fureur, pendant lesquels il aurait, sans doute, tout brisé dans la maison, si tout ce qui y étoit ne lui eût pas appartenu. Cette sage considération le retenoit sur un fracas indécent qui l'auroît peut-être soulagé, et la violence qu'il se faisoit pour se retenir sur cela, augmentoit sa colère contre Amine. Ce dont il étoit le plus outré, c'étoit qu'on eût osé manquer d'une façon si cruelle, à ce qu'on devoit à un homme comme lui. Cela seul lui paroissoit inconcevable.

Après avoir dit toutes les impertinences que la fureur et la fatuité lui dictoient tour-à-tour, il s'empara généralement de tout ce qu'il avoit donné à Amine. Elle s'étoit attendue à être quittée, et elle s'en consoloit, en jetant de tems en tems les yeux sur les diamans et les autres choses qu'elle croyoit qui lui resteroient; mais quand elle vit l'impitoyable Abdalathif se mettre en devoir de tout reprendre, elle poussa les cris les plus perçans et les plus douloureux. Sa mère, alors entra, se jetta mille fois aux pieds d'Abdalathif, et crut l'appaiser beaucoup en lui avouant que c'étoit un maudit Bonze qui étoit cause de tout ce qui arrivoit.

Loin que ce qu'on disoit du Bonze parût attendrir Abdalathif, il sembla le déterminer à user de toute la rigueur possible. Hélas! ajoutoit tristement la mère d'Amine, nous sommes bien punies de nous être fiées à un infidelle. Ma fille sait ce que je pensois et que je lui ais toujours dit que cela ne pouvoit que lui porter malheur.

Pendant ces lamentations, Abdalathif, ayant

à la main un état de tout ce qu'il avoit donné à Amine, se faisoit tout restituer par ordre. Lorsque cela fut fait : à l'égard de l'argent que je vous ai donné, dit-il à Amine d'un air grave, je vous le laisse ; il n'a pas tenu à moi, petite reine, que vous n'ayez été plus heureuse. Cette mortification-ci vous rendra sans doute plus prudente, je le désire sincèrement. Allez, ajouta-t-il, je n'ai plus besoin de vous ici. Rendez grâces au ciel de ce que je ne porte pas plus loin ma colère.

En achevant ces paroles, il ordonna à ses esclaves de les faire sortir, n'étant pas plus ému des injures atroces qu'alors elles vomissoient contre lui, qu'il ne l'avoit été des larmes qu'il leur avoit vu répandre.

La curiosité de voir l'usage qu'Amine feroit de son humiliation, me fit résoudre, malgré le dégoût que ses mœurs me causoient, à la suivre dans ce réduit obscur d'où Abdalathif l'avoit tirée et où elle retourna cacher sa honte et la douleur de n'avoir pas su le ruiner.

Ce fut dans ce triste lieu que je fus témoin de ses regrets, et des imprécations de la vertueuse mère. Les débris de leur fortune, qui étoient encore considérables, les consolèrent enfin de ce qu'elles avoient perdu.

Hé bien ! ma fille, disoit un jour la mère d'Amine, est-ce donc un si grand malheur que ce qui vous est arrivé ? Je conviens que ce monstre que vous aviez, étoit la libéralité même : mais il est donc le seul à qui vous puissiez plaire ? D'ailleurs, quand vous n'en retrouveriez pas un aussi riche, croiriez-vous pour cela être malheureuse ? Non, ma fille, où l'espèce manque, il faut se dédommager par le nombre. Si quatre ne suffisent pas pour le remplacer, prenez-en dix, plus même s'il le faut. Vous me direz peut-être, que cela est sujet à des accidens : cela est vrai ; mais quand on ne se met au-dessus de rien, que l'on craint tout, on reste dans l'infortune, et dans l'obscurité.

Quelque envie qu'Amine eût de mettre à profit ces sages conseils, l'abandonnement où elle étoit, ne lui permit pas de s'en servir aussitôt qu'elle l'auroit voulu. Son aventure avec Abdalathif, lui avoit si bien donné dans Agra la réputation d'une personne peu sûre dans le commerce, que, hors le fidelle Massoud, de qui la tendresse étoit à l'épreuve de tout, je ne vis chez elle, pendant long-temps, que quelques-unes de ses compagnes qui venoient la voir, plutôt sans doute pour jouir de son malheur, que pour l'en consoler.

Le temps qui efface tout, effaça enfin la mauvaise opinion qu'on avoit d'Amine. On la crut changée, on imagina que les réflexions qu'on lui avoit laissé le temps de faire l'au-roient guérie de la fureur d'être infidelle. Les amans revinrent. Un seigneur persan, qui arriva dans ce tems à Agra, et qui n'en savoit que médiocrement les anecdotes, vit Amine, la trouva jolie, et s'en entêta d'autant plus, qu'un de ces hommes obligeans, qui ne s'occupent que du noble soin de procurer des plaisirs aux autres, l'assura que, s'il avoit le bonheur de plaire à Amine, il devroit lui en savoir d'autant plus de gré, que ce seroit la première foiblesse qu'elle auroit à se reprocher.

Tout autre auroit cru la chose impossible, le Persan ne la trouva qu'extraordinaire. Cette nouveauté piqua, et à l'aide de l'irréprochable témoin de la vertu d'Amine, il acheta au plus haut prix des faveurs, qui, dans Agra, commençoient à être taxées au plus bas, et n'étoient pourtant pas encore aussi méprisées qu'elles auroient dû l'être.

Cette triste maison qu'Amine habitoit, fut encore une fois quittée pour un palais superbe où brillait tout le faste des Indes. Je ne sais si Amine usa sagement de sa nouvelle fortune; mon âme, rebutée d'étudier la sienne, chercha des objets plus dignes de l'occuper dans le fond peut-être aussi méprisables, mais qui, plus ornés, la révoltoient moins, et l'amusoient davantage.

Je m'envolai dans une maison, qu'à sa magnificence, et au goût qui y régnoit de toutes parts, je reconnus pour une de celles où je me plaisois à demeurer, où l'on trouve toujours le plaisir et la galanterie, et où le vice même, déguisé sous l'apparence de l'amour, embelli de toute la délicatesse et de toute l'élégance possibles, ne s'offre jamais aux yeux que sous les formes les plus séduisantes.

La maîtresse de ce palais étoit charmante, et à la tendresse qu'elle avoit dans les yeux, autant qu'à sa beauté, je jugeai que mon âme y trouveroit des amusemens. Je restai quelque tems dans son Sopha sans qu'elle daignât seulement s'y asseoir. Cependant elle aimoit, et elle étoit aimée. Poursuivie par son amant, persécutée par elle-même; il n'y avoit pas d'apparence que je lui fusse toujours aussi indifférent qu'elle sembloit se le promettre.

Quand j'entrois chez elle, il avoit déjà obtenu la permission de lui parler de son amour; mais quoiqu'il fût aimable et pressant, que même il eût déjà persuadé, il étoit encore bien loin de vaincre.

Phénime (c'est ainsi qu'elle s'appeloit), renonçoit avec peine à sa vertu, et Zulma, trop respectueux pour être entreprenant, attendoit du tems et des soins, qu'elle prît pour lui autant d'amour qu'il en ressentoit pour elle.

Mieux informé que lui des dispositions de Phénime, je ne concevois pas qu'il pût connoître aussi peu son bonheur. Phénime, à la vérité, ne lui disoit pas encore qu'elle l'aimoit, mais ses yeux le lui disoient toujours. Lui parloit-elle d'une chose indifférente, sans qu'elle le voulût, ou même sans qu'elle s'en apperçût, sa voix s'attendrissoit, ses expressions devenoient plus vives. Plus elle s'imposoit de contrainte avec lui, plus elle lui marquoit d'amour. Rien de son Amant ne lui paroissoit indifférent, elle en craignoit tout, et les gens qu'elle aimoit le moins, en étoient en apparence mieux traités que lui. Quelquefois elle lui imposoit silence, et l'oubliant à l'instant même, elle continuoit la conversation qu'elle avoit voulu finir. Toutes les fois qu'il la trouvoit seule (et sans s'en apercevoir, elle lui en donnoit mille occasions), l'émotion la plus tendre et la plus marquée s'emparoit d'elle involontairement. Si dans le cours d'un entretien long et animé, il arrivoit à Zulma de lui baiser la main ou de se jeter à ses genoux, Phénime s'effrayoit, mais ne se fâchoit pas; c'était même si tendrement qu'elle se plaignait de ses entreprises !

Et lui cependant, interrompit le Sultan, il ne les continuoit pas ? Non, assurément, Sire, répondit Amanzéi, plus il étoit amoureux... Plus il étoit bête, dit le Sultan, je le vois bien. L'amour n'est jamais plus timide, reprit Amanzéi, que quand... Oui, timide, interrompit encore le Sultan, voilà un beau conte! Est-ce qu'il ne voyoit pas qu'il impatientoit cette dame! A la place de cette femme-là, je l'aurois renvoyé pour jamais, moi qui vous parle.

Il n'est pas douteux, reprit Amanzéi, qu'avec une coquette, Zulma n'eût été perdu; mais Phénime, qui réellement désiroit de n'être pas vaincue, tenoit compte à son amant de sa timidité. D'ailleurs, plus il ménageoit les scrupules de Phénime, plus il s'assuroit la victoire. Un moment donné par le caprice, s'il n'est pas saisi, ne revient peut-être jamais; mais quand c'est l'amour qui le donne, il semble que moins on le saisit, plus il s'empresse à le rendre. J'ai cependant ouï dire, répliqua Schah-Baham, que les femmes n'aimoient point qu'on ne les devine pas. Cela peut être qnelquefois, répondit Amanzéi, mais Phénime pensoit différemment et n'aimoit jamais tant Zulma, que quand il avoit été plus respectueux qu'elle-même ne l'avoit encore désiré. Et, demanda encore le Sultan, lui arrivoit-il souvent de s'y méprendre!

Oui, Sire, répondit Amanzéi, et quelquefois si grossièrement qu'il en étoit ridicule. Un jour, par exemple, il entra chez Phénime;

il y avoit plus d'une heure que, livrée à sa tendresse, elle ne s'occupoit que de lui; elle avoit commencé par le désirer vivement, et son imagination s'échauffant par degrés, elle s'abandonna voluptueusement à son désordre; il étoit au plus haut point lorsque Zulma se présenta à ses yeux; son trouble augmenta, elle acheva de rougir en le voyant. Ah! s'il eût deviné ce qui faisoit alors rougir Phéuime! S'il eût osé même la presser; mais il se croyoit fort mal avec elle, de quelques libertés innocentes que la veille il avoit voulu prendre; il employa à lui en demander pardon, le temps où elle ne se seroit offensée de rien.

Ah! le butor, s'écria le Sultan, il n'est pas croyable qu'on soit si bête! Il ne faut cependant pas que cela vous étonne, Sire, repartit Amanzéi: tout le tems que j'ai été Sopha, j'ai vu manquer plus de momens que je n'en ai vu saisir. Les femmes, accoutumées à nous cacher sans cesse ce qu'elles pensent, mettent sur-tout leur attention à nous dissimuler les mouvemens qui les portent à la tendresse, et telle a peut-être à se vanter de n'avoir jamais succombé, qui doit moins cet avantage à sa vertu, qu'à l'opinion qu'elle en a su donner.

Je me rappelle, qu'étant chez une femme célèbre par sa rare vertu, j'y fus assez longtems sans rien voir qui démentit l'idée qu'on avoit d'elle dans le monde. Il est vrai qu'elle n'étoit pas jolie, et qu'il faut convenir qu'il n'y a point de femmes à qui il soit plus aisé d'être vertueuses, qu'à celles qui manquent d'agrémens. Celle-ci joignoit à sa laideur un caractère d'esprit dur et sévère, qui effrayoit pour le moins autant que sa figure. Quoique personne ne se fût hazardé à essayer de la rendre sensible, on n'en croyoit pas moins qu'il étoit impossible qu'elle le devînt. Par je ne sais quel hazard, un homme plus hardi, ou plus capricieux que les autres, ou qui ne croyoit pas à la vertu des femmes, un jour se trouvant seul auprès d'elle, osa lui dire qu'il l'a trouvoit aimable; quoi qu'il le lui dit assez froidement pour ne devoir pas en être cru, un discours si nouveau pour elle lui fit impression. Elle répondit modestement, mais avec trouble, qu'elle n'étoit point faite pour inspirer de pareils sentimens; il lui baisa la main, elle en tressaillit; son air embarrassé, sa rougeur, le feu qui tout d'un coup anima ses yeux, furent de sûrs garants du désordre qui s'élevoit dans son âme. Il lui répéta, en la serrant dans ses bras, avec transport, qu'elle faisoit sur lui l'impression la plus vive. Je ne sais (pendant qu'elle continuoit à s'en étonner) comment il fit pour lui prouver qu'il disoit vrai, mais cette modestie dont elle s'étoit armée, commença à céder à l'évidence. De quelque nature que fût la preuve qu'il lui offroit, en la convaincant, elle acheva de la subjuguer. Soit que des objets si nouveaux pour elle lui imposassent, soit qu'en ce moment elle se sentit fatiguée du poids de sa vertu, à peine se souvint-elle que la bienséance demandoit au moins qu'elle combattît, et elle se rendit plus promptement que les femmes même accoûtumées à résister le moins. Cet exemple et quelques autres de même genre, m'ont fait croire qu'il y a bien peu de femmes vertueuses qu'on ne puisse attaquer avec succès, et qu'il n'y en a point de plus faciles à vaincre, que celles qui ont le moins d'habitude de l'amour ; mais je reviens aux deux amans dont je faisois l'histoire à votre majesté.

CHAPITRE VII.

Où l'on trouvera beaucoup à reprendre.

Un soir, en quittant Phénime, Zulma lui demanda quand il pourroit la revoir ; quoiqu'elle craignît beaucoup sa présence, elle ne savoit pas s'en passer ; ainsi après avoir rêvé quelque tems, elle lui répondit qu'il pourroit la voir le lendemain.

Phénime, qui sentoit bien tout le danger qu'il y avoit pour elle à être seule avec lui avoit pensé avoir du monde, et pourtant fit dire, le jour du rendez-vous, qu'elle n'y étoit pour personne que pour Zulma. Il lui sembloit que, quand il trouvoit quelqu'un chez elle, moins il avoit la liberté de lui parler de son amour, plus par mille choses qu'il imaginoit, il tâchoit de lui faire comprendre qu'il en étoit perpétuellement occupé; et l'on est si clairvoyant dans le monde! Elle entendoit si bien Zulma! La méchanceté des spectateurs ne pouvoit-elle pas leur donner cette pénétration qu'elle ne devoit qu'à l'amour? Zulma étoit moins dangereux pour elle quand ils étoient seuls; puisqu'alors il savoit être respectueux, et que devant des témoins il n'étoit pas assez prudent; donc il ne falloit jamais le voir en compagnie que le moins qu'il seroit possible.

D'ailleurs, il étoit si triste quand il ne pouvoit pas lui parler! N'y avoit-il pas trop d'inhumanité à le priver d'un plaisir que jusques alors elle avoit trouvé si peu de risque à lui accorder.

Toutes ces raisons avoient déterminé Phénime, ou du moins elle le croyoit, et elle fondoit toujours, soit sur les usages, soit sur des choses qui lui paroissoient aussi sensées, ce que l'amour seul lui faisoit faire en faveur de Zulma.

Ce jour même elle avoit été extrêmement

tentée de faire son bonheur : elle s'étoit dit tout ce que peut se dire une femme qui veut se vaincre elle-même, sur ce qu'elle oppose à son amour; elle s'étoit exagéré la constance et les soins de Zulma, ce désir toujours si pressant qu'il avoit de lui plaire : elle se souvenoit même avec plaisir qu'il avoit toujours mieux aimé être trompé qu'infidelle. Zulma d'ailleurs étoit jeune, spirituel, bienfait, toutes choses sur lesquelles elle ne croyoit pas appuyer, mais qui n'en étoient pas moins celles qui l'avoient le plus touchée.

Qui diable l'arrêtoit donc? demanda le Sultan; cette femme-là m'excède. Huit ans de vertu, répondit Amanzéi, huit ans dont une seule foiblesse alloit lui enlever tout le mérite; en effet, s'écria le Sultan, voilà ce qui s'appelle une perte!

Elle est pour une femme qui pense, plus considérable que Votre Majesté ne le croit, répondit Amanzéi. La vertu est toujours accompagnée d'une paix profonde; elle n'amuse pas, mais elle satisfait. Une femme assez heureuse pour la posséder, toujours contente d'elle-même, peut ne se regarder jamais qu'avec complaisance; l'estime qu'elle a pour elle est toujous justifiée par celle des autres, et les plaisirs qu'elle sacrifie ne valent pas ceux que le sacrifice lui procure.

Dites-moi un peu, dit le sultan, croyez-vous que si j'avois été femme, j'eusse été vertueuse? En vérité, Sire, répondit Amanzéi, stupéfait de la question, je n'en sais rien. Pourquoi n'en savez-vous rien, demanda le sultan? Mais, est-il croyable que l'on fasse de pareilles questions, dit la sultane? Ce n'est pas vous que j'interroge, répliqua-t-il. Je veux seulement qu'Amanzéi me dise si j'aurois été vertueuse. Sire, je crois que oui, répartit Amanzéi. Hé bien, mon cher, vous vous trompez, reprit Schah-Baham, j'aurois été tout le contraire. Ce que j'en dis, au reste, ajouta-t-il en s'adressant à la sultane, ce n'est pas pour vous dégoûter d'être vertueuse, vous; ce que je pense là-dessus n'est que pour moi, et peut-être bien que si j'étois femme je changerois d'avis : sur ces sortes de choses chacun pense comme il veut, et je ne contrains personne. Votre maître s'embarrasse, dit en souriant la sultane à Amanzéi, et je vous réponds qu'il vous sera fort obligé si vous poursuivez votre conte. Ce qae j'entends n'est pas mauvais, répliqua le sultan, ne diroit-on pas que c'est moi qui interromps?

Zulma entra, reprit Amanzéi; et Phénime, quoiqu'il vint plûtôt qu'elle ne l'attendait, ne laissa pas de lui dire qu'il venoit bien tard.

Que je suis heureuse, Phénime, lui dit-il

tendrement, que vous me trouviez coupable! Phénime ne s'apperçut que dans cet instant de la force de ce qu'elle venoit de lui dire; elle voulut s'excuser et ne sut que répondre. Zulma sourit de l'embarras où il la voyoit, et elle rougit de l'avoir vu sourire. Il se jetta à ses genoux, et lui baisa la main avec une ardeur extrême; elle fit un mouvement pour la retirer: mais comme il ne faisoit pas des efforts pour la retenir, elle la lui rendit.

Zulma cependant lui disoit les choses les plus tendres, elle ne lui répondoit pas; mais elle l'écoutoit avec une attention et une avidité qu'elle se seroit sûrement reprochées, si elle avoit pu démêler ses mouvemens. Sa gorge étoit un peu découverte, elle s'apperçut qu'il y portoit ses yeux, et voulut rapprocher sa robe. Ah! cruelle, lui dit Zulma.

Cette exclamation suffit pour arrêter la main de Phénime. Pour laisser jouir Zulma de la légère faveur qu'elle lui accordoit sans qu'il pût rien en conclure contr'elle, elle feignit d'avoir quelque chose à raccommoder à la coëffure. Les yeux de Zulma ne purent sans s'enflammer s'attacher long-temps sur l'objet que Phénime lui avoit abandonné. Elle se livra d'abord au plaisir d'être admirée de ce qu'elle aimoit, ses yeux se troublèrent, elle regarda Zulma languissamment, et parut plongée dans la plus tendre rêverie.

Allons, Zulma, dit alors le sultan; mais il ne voyoit pas cela lui ! Ah ! la cruelle bête !

Phénime, malgré le désordre qui s'emparoit d'elle, poursuivit Amanzéi, s'apperçut de celui de son amant, et craignant également l'émotion de Zulma et la sienne, elle se leva brusquement. Il fit quelques efforts pour la retenir, et n'ayant plus la force de lui parler, il tâcha, en arrosant sa main des pleurs qu'il répandoit, de lui faire comprendre combien il étoit touché de la cruelle résolution qu'elle prenoit. Tant de respect achevoit d'émouvoir Phénime, mais l'amour ne l'ayant pas encore absolument vaincue, elle triompha et de ses propres désirs et de ceux de son amant, plus dangereux pour elle peut-être que les siens mêmes.

Aussitôt qu'elle se fut débarrassée des bras de Zulma, elle lui fit signe de se relever, il obéit. Ils se regardèrent quelque temps en gardant le silence. Phénime enfin lui dit qu'elle vouloit jouer. Quelque déplacée que cette envie parût à Zulma, il ne savoit pas résister aux volontés de Phénime, et il prépara tout lui-même avec autant de vivacité, que si ç'eût été lui qui eut désiré le jeu. Cette nouvelle preuve de sa soumission toucha extrêmement Phénime, et je la vis prête à lui demander pardon d'une fantaisie qu'alors elle trouvoit ridicule.

Le repentir de Phénime ne dura pas autant

qu'il l'aurait fallu pour le bonheur de Zulma, et plus elle se sentit émue, plus elle crut devoir lui cacher son trouble. Elle se mit donc au jeu, mais il lui inspira un ennui qui lui fit bientôt connoitre que ce qu'elle avoit imaginé contre Zulma étoit pour elle d'une bien foible ressource. Elle ne voulut pourtant pas croire d'abord que les dispositions où elle étoit pour lui, causassent cette langueur dans laquelle elle se sentoit, et, l'attribuant uniquement au jeu qu'elle avoit choisi, elle pressa son amant d'en prendre un autre, il obéit en soupirant, et elle n'en fut pas moins tourmentée. Ce désordre qu'elle croyoit calmer, ces tendres idées dont elle cherchoit à se distraire, sembloient par la violence qu'elle se faisoit, s'accroître et prendre plus d'empire sur son âme. Abîmée dans la rêverie, elle croyoit regarder son jeu, et ne s'occupoit que de Zulma.

L'air pénétré qu'elle lui voyoit, les profonds soupirs qu'il poussoit, ses larmes qu'elle voyoit prêtes à couler, et que son respect pour elle semblait seul retenir encore, achevèrent d'attendrir Phénime. Tout entière aux tendres mouvemens qu'il lui inspiroit, elle s'attacha uniquement à le regarder; soit qu'enfin elle fût confuse de l'état où elle se trouvoit, soit qu'elle ne pût plus soutenir les regards de Zulma, elle appuya sa tête sur sa main. Zulma ne la vit pas plutôt dans cette attitude qu'il alla se jeter à ses pieds, ou Phénime trop occupée ne le vit pas, ou elle ne voulût pas l'en empêcher. Il profita de ce moment de foiblesse pour lui baiser la main qu'elle avoit libre, et il la baisa avec plus de transports qu'un amant ordinaire n'en éprouve, en jouissant de tout ce qui peut le rendre heureux.

Comblé d'une faveur que, dans les termes même où ils en étoient ensemble, il n'osoit pas encore espérer, il voulut chercher dans les yeux de Phénime quel devoit être son destin. Elle avoit toujours la tête appuyée sur sa main, il s'en empara doucement, et Phénime en se découvrant le visage, le laissa voir couvert de ses larmes. Ce spectacle émut Zulma au point d'en verser lui-même. Ah, Phénime ! s'écria-t-il, en poussant un profond soupir. Ah Zulma ! répondit-elle tendrement. En achevant ces paroles ils se regardèrent, mais avec cette tendresse, ce feu, cette volupté, cet égarement que l'amour seul, et l'amour le plus vrai peut faire sentir.

Zulma enfin, d'une voix entrecoupée par les soupirs, reprit la parole ; Phénime, dit-il avec transport. Ah ! s'il est vrai qu'enfin mon amour vous touche, et que vous craigniez encore de me le dire, laissez du moins à ces yeux charmans, à ces yeux que j'adore, la liberté de s'expliquer en ma faveur. Non, Zulma, répondit-elle, je vous aime, et je ne me pardonnerois pas de vous retrancher rien d'un triomphe que vous avez si bien mérité. Je vous aime, Zulma ; ma bouche, mon cœur, mes yeux, tout doit vous le dire, et tout vous le dit.... Zulma ! mon cher Zulma ! je ne suis heureuse que depuis que je peux vous apprendre tout ce que je sens pour vous. A des paroles si douces, et si peu attendues, Zulma pensa mourir de joie. Dans quelque égarement qu'elle le plongeât, il n'oublia pas que Phénime pouvoit le rendre plus heureux. Quoi qu'il n'ignorât pas que l'aveu qu'elle lui faisoit, l'autorisoit à mille choses qu'à peine jusqu'à ce moment il avoit osé imaginer, le respect qu'il avoit pour elle l'emportant sur ses désirs, il voulut attendre qu'elle achevât de décider de son sort.

Phénime connoissoit trop Zulma, pour se méprendre au motif qui suspendoit ses empressemens ; elle le regarda encore avec une extrême tendresse, et cédant enfin aux doux mouvemens dont elle étoit agitée, elle se précipita sur lui avec une ardeur que les termes les plus forts et l'imagination la plus ardente ne pourroient jamais bien peindre.

Que de vérité ! que de sentiment dans leurs transports ! non, jamais spectacle plus attendrissant ne s'étoit offert à mes yeux. Tous deux enivrés, sembloient avoir perdu tout usage de leurs sens. Ce n'étoient point ces mouvemens momentanés que donne le désir, c'étoit ce vrai délire, cette douce fureur de l'amour toujours cherchés, et si rarement sentis. O Dieux! Dieux! disoit de temps en temps Zulma, sans pouvoir en dire davantage. Phénime de son côté, abandonnée à tout son trouble, serroit tendrement Zulma dans ses bras, s'en arrachoit pour le regarder, s'y rejetoit, le regardoit encore. Zulma, lui disoit-elle avec transport, ah Zulma! que j'ai connu tard le bonheur!

Ces paroles étoient suivies de ce silence délicieux auquel l'âme se plaît à se livrer, lorsque les expressions manquent au sentiment qui la pénètre.

Zulma cependant avoit bien des choses encore à désirer; et Phénime, à qui son ardeur les rendoit en ce moment presqu'aussi nécessaires qu'à lui-même, loin de vouloir rien opposer à ses désirs, s'y livra aveuglément. Il sembloit même qu'il fît encore plus pour elle qu'elle ne faisoit pour lui; plus elle s'étoit défendue contre son amour, plus elle croyoit devoir lui prouver combien sa résistance lui avoit coûté, et lui faire une sorte de satisfaction sur les tourmens qu'elle lui avoit fait éprouver si long-temps. Elle auroit rougi de s'armer de cette fausse décence qui si souvent gêne et corrompt les plaisirs, et qui, paroissant mettre sans cesse le repentir à côté de l'amour, laisse, au milieu du bonheur même, un bonheur encore plus doux à désirer. La tendre, la sincère Phénime se seroit crue coupable envers Zulma, si elle lui avoit dérobé quelque chose de l'ardeur extrême qu'il lui inspiroit ; elle voloit avec empressement au-devant de ses caresses, et comme quelques momens auparavant elle s'estimoit de lui résister, elle mettoit alors toute sa gloire à le bien convaincre de sa tendresse.

Dans un de ces intervalles que, tout courts qu'ils étoient, ils remplissoient par mille tendres transports, Phénime, lui dit Zulma de l'air le plus passionné, vous mettez trop de vérité dans tous vos mouvemens, pour que je n'aie pas dû croire quelquefois que vous m'aimiez : pourquoi avez-vous retardé si long-tems cet avœu?

Mon cœur s'est déterminé promptement pour vous, répondit Phénime : mais ma raison s'est long-tems opposée à mes sentimens. Plus je me sentois capable de la passion la plus sincère, plus je craignois de m'engager ; sans avoir aimé, je sentois que j'exigerois plus de tendresse que je ne pourrois en inspirer. Vous seul m'avez fait connoître qu'il y a encore des hommes capables d'aimer ; vous m'aviez touchée, mais vous ne m'aviez pas vaincue. Vous l'avouerai-je, Zulma? cette vertu que je vous sacrifie aujourd'hui avec tant de plaisir, a long-tems combattu contre vous. Je n'imaginois pas sans désespoir, qu'une seule foiblesse alloit me ravir et la douce certitude que j'étois estimable, et le bonheur d'être estimée. Ah Zulma ! ajouta-t-elle en le serrant dans ses bras, que tu me rends odieux tous les momens que je n'ai point passés à te prouver ma tendresse ! Qui? moi, Zulma, j'ai pu te résister ! je t'ai fait répandre des larmes, et ce n'a pas toujours été celles que tu répands aujourd'hui, pardonne-le-moi, j'étois plus malheureuse que toi-même ! Oui, Zulma, je me reprocherai toujours d'avoir pu croire qu'être à toi ne dût pas remplir tous mes vœux, et me tenir lieu de tout. Tu m'aimois, et je pouvois songer à l'estime des autres! Ah ! puis-je encore mériter la tienne ?

Votre Majesté devine sans doute, continua Amanzéi, quelle fut la suite d'une pareille conversation; quelque plaisir qu'elle m'ait donné, il me seroit impossible de me rappeler les discours de deux amans qui, enivrés d'eux-mêmes, s'interrogeaient, et ne se donnoient jamais le tems de se répondre, et dont les idées n'ayant entre elles aucune liaison, ne peignoient que le désordre de leur âme, et ne devoient pas avoir pour un tiers le même charme que pour eux. J'étois surpris et de la vivacité de leur passion, et des ressources qu'ils y trouvoient. Ils ne se séparèrent que fort tard, et Zulma fut à peine sorti, que Phénime, qui lui avoit consacré tous ses momens, se mit à lui écrire. Zulma revint le lendemain de fort bonne heure, toujours plus amoureux, toujours plus tendrement aimé, jouir aux genoux ou dans les bras de Phénime, des plus délicieux momens. Malgré le penchant qui me portoit à changer souvent de demeure, je ne pus résister au désir de savoir si Zulma et Phénime s'aimeroient long-temps, et cette curiosité m'arrêta chez elle près d'un an; mais voyant enfin que leur amour, loin de diminuer, sembloit tous les jours prendre de nouvelles forces, et qu'ils avoient même joint à toutes les délicatesses, à toute la vivacité de la passion la plus ardente, la confiance et l'égalité de l'amitié la plus tendre, j'allai chercher ailleurs ma délivrance, ou de nouveaux plaisirs.

CHAPITRE VIII.

En sortant de chez Phénime, j'entrai dans une maison où, ne voyant que de ces choses qui, à force d'être ordinaires, ne valent la peine d'être ni regardées, ni racontées, je ne demeurai pas long-temps. Je fus encore quelques jours sans trouver dans les différens endroits où mon inquiétude et ma curiosité me conduisirent, rien qui m'amusât, ou qui dût me paroître nouveau. Ici, l'on se rendoit par vanité, là, le caprice, l'intérêt, l'habitude, même l'indolence étoient les seuls motifs des foiblesses dont on me faisoit le témoin. Je rencontrois assez souvent ce mouvement vif et passager que l'on honore du nom de goût : mais je ne retrouvois nulle part cet amour, cette délicatesse, cette tendre volupté qui chez Phénime avoient fait si long-tems mon admiration et mes plaisirs.

Las de la vie errante que je menois, convaincu que le sentiment dont on veut sans cesse paroître rempli est cependant ce que l'on éprouve le moins, je commençai à m'ennuyer de ma destinée, et à désirer vivement de trouver cette occasion qui devoit terminer le supplice auquel j'étois condamné.

Quelles mœurs ! m'écriois-je quelquefois; non, Brama qui les connoît, m'a flatté d'une espérance vaine ; il n'a pas cru qu'avec ce goût effréné des plaisirs qui règne dans Agra, et ce mépris des principes qui y est si généralement répandu, je pusse jamais trouver deux personnes, telles qu'il les demande, pour m'appeller à une autre vie.

Tout entier à ces chagrinantes réflexions je me transportai dans une maison où tout avoit l'air paisible. Une fille, âgée de près de quarante ans, y logeoit seule. Quoiqu'elle fût encore assez bien pour pouvoir sans ridicule se livrer à l'amour, elle étoit sage, fuyoit les plaisirs bruyans, voyoit peu de monde, et sembloit même avoir moins cherché à se faire une société agréable, qu'à vivre avec des gens qui, soit par leur âge, soit par la nature de leurs occupations, pussent la mettre à l'abri de tout soupçon. Aussi y avoit-il dans Agra peu de maisons plus tristes que la sienne.

Entre les hommes qui alloient chez elle, celui qu'elle paroissoit voir avec le plus de plaisir, et qui aussi la quittoit le moins, étoit un homme déjà d'un certain âge, grave, froid, réservé, plus encore par tempérament que par état, quoiqu'il fût chef d'un Collége de Bramines. Il étoit dur, haïssoit les plaisirs, et ne croyoit pas qu'il y en eût aucun dont l'âme du vrai sage pût n'être pas avilie. A cette mauvaise humeur, à cet extérieur sombre, je le pris d'abord pour une de ces personnes plus farouches que vertueuses, inexorables pour les autres, indulgentes pour elles-mêmes, et blâmant en public avec aigreur les vices auxquels elles se livrent en secret, je le pris enfin pour un faux dévot. Fatmé m'avoit terriblement gâté l'esprit sur les gens dont l'extérieur étoit sage et réglé. Quoique je me sois rarement mépris en pensant mal d'eux, je me trompois sur Moclès; et lorsque je le connus, il méritoit que j'eusse de lui d'autres idées. Son âme alors étoit droite, et sa vertu sincère. Tout Agra le croyoit plus sage même qu'il ne vouloit le paroître ; personne ne doutoit que son aversion pour les plaisirs ne fût réelle, et que, quelque durs que fussent ses principes, il ne les eût toujours suivis.

L'on avoit d'Almaïde (c'est le nom de la fille chez qui j'étois) des idées aussi favorables. L'étroite liaison qui étoit entre elle et Moclès, n'avoit donné aucun lieu à des soupçons qui leur fussent désavantageux, et quelle que soit sur les liaisons intimes, la méchanceté du public, il n'y avoit personne qui ne respectât la leur, et qui ne la crût fondée sur le goût qu'ils avoient pour la vertu.

Moclès venoit tous les soirs chez Almaïde, et, soit qu'ils fussent en compagnie, soit qu'ils fussent seuls, leurs actions étoient irréprochables, et leurs discours sages et mesurés. Communément ils agitoient quelques points de morale ; Moclès, dans ces discussions, faisoit toujours briller ses lumières et sa droiture. Une chose seule me déplaisoit ; c'étoit que deux personnes si supérieures aux autres, et qui tenoient toutes leurs passions dans des bornes si resserrées, n'eussent point triomphé de l'orgueil, et que mutuellement elles se proposassent pour exemple. Souvent même ne s'en reposant pas sur l'estime qu'ils avoient l'un pour l'autre, chacun d'eux entreprenoit son panégyrique, et se louoit avec une complaisance, une chaleur, une vanité dont assurément leur vertu n'auroit pas du être contente.

Quoiqu'une maison si triste m'ennuyât beaucoup, je résolus d'y demeurer quelque tems. Ce n'étoit pas que j'espérasse de m'y amuser un jour, ou d'y trouver ma délivrance. Plus je croyais Almaïde et Moclès assez parfaits pour l'opérer, moins j'osois attendre d'eux une foiblesse; mais las encore de mes courses, dégoûté du monde, sentant alors avec horreur à quel point il m'avoit perverti, je n'étois pas fâché d'entendre parler morale, soit que la nouveauté dont elle étoit pour moi, fut seulement ce qui me la rendoit agréable, ou que dans les dispositions où j'étois, je la regardasse comme une chose qui pouvoit m'être salutaire.

Ah, vraiment! s'écria le sultan, je ne suis plus étonné que vous m'en ayez accablé, je vois où vous l'avez prise; mais anfin que vous ne soyez pas encore tenté de me montrer votre éloquence, ou votre mémoire, je réitère les menaces que je vous ai faites avec tant de prudence au commencement de votre conte. Si j'étois moins clément, je vous laisserois faire, et avec le plaisir que vous avez à parler, sans doute vous iriez loin; mais je n'aime pas la supercherie, et je veux bien vous redire encore, que rien n'est moins salutaire q la morale.

Malgré la rare vertu dont Almaïde et Mo clès étoient doués, reprit Amanzéi, ils mêloie quelquefois à la morale des peintures du vi un peu trop détaillées. Leurs intentions, sa doute, étoient bonnes; mais il n'en étoit p plus prudent à eux de s'arrêter sur des idé dont on ne sauroit trop éloigner son imagin tion, si l'on veut échapper au trouble qu'ell portent ordinairement dans les sens.

Almaïde et Moclès qui n'y sentoient pas d danger, ou s'y croyoient supérieurs, ne cra gnoient point assez de disserter sur la volupté il est bien vrai qu'après en avoir vivement étal tous les charmes, ils en exageroient la honte e les dangers. Ils convenoient même que la vrai félicité ne se trouve que dans le sein de l vertu, mais ils en convenoient séchement, e comme d'une vérité trop généralement reconnue, pour avoir besoin d'être discutée. Ce n'étoit pas avec la même rapidité qu'ils faisoient l'examen du plaisir; ils s'étendoient sur une matière si intéressante, et s'appésantissoient sur les détails les plus dangereux, avec une confiance dont enfin j'osai espérer qu'ils pourroient bien être la dupe.

Il y avoit au moins un mois que tous les soirs ils s'amusoient de ces peintures vives que je croyois si peu faites pour eux, et quelque sujet qu'ils traitassent d'abord, ils retomboient toujours sur celui qu'ils auroient dû éviter. Moclès, de qui insensiblement ces discours avoient adouci l'humeur, venoit chez Almaïde, plutôt qu'à son ordonnaire, s'y amusoit davantage, et en sortoit plus tard. Almaïde, de son côté, l'attendoit avec plus d'impatience, le voyait avec plus de plaisir, l'écoutoit avec moins de distraction. Quand Moclès arrivoit chez elle et qu'il y trouvoit du monde, il y avoit l'air contraint et embarrassé, et elle-même ne paroissoit pas être plus contente. Enfin les laissoit-on seuls, je remarquois sur leur visage cette joie que ressentent deux amans, qui, par une visite importune, ont enfin le bonheur de pouvoir se livrer à leur tendresse. Almaïde et Moclès s'approchoient l'un de l'autre avec empressement, se plaignoient de ce qu'on ne les laissoit pas assez à eux-mêmes, et se regardoient mutuellement avec une extrême complaisance. C'étoit à-peu-près la même façon de parler, mais ce n'étoit plus le même ton. Ils vivoient enfin avec une familiarité qui devoit les mener d'autant plus loin, qu'ils s'étourdissoient sur ce qui l'avoit fait naître, ou (ce que je croirois plus aisément) ne le pénétroient pas.

Moclès un jour louoit excessivement Almaïde

sur sa vertu ; pour moi, dit-elle, il n'est pas bien singulier que j'aie été sage : dans une femme, les préjugés aident la vertu, mais dans un homme, ils la corrompent. C'est une espèce de sottise à vous de n'être pas galans, en nous c'est un vice de l'être. Vous avez dû, vous par exemple qui me louez, en ne pensant que comme moi, mériter pourtant plus d'estime. A ne pas examiner les choses avec cette exactitude de raisonnement qui les montre telles qu'elles sont, répondit-il gravement, on imagineroit que je suis en effet plus estimable que vous, et l'on se tromperoit. Il est aisé à un homme de résister à l'amour, et tout y livre les femmes. Si ce n'est pas la tendresse qui les y porte, ce sont les sens. Au défaut de ces deux mouvemens qui causent tous les jours tant de désordres, elles ont la vanité qui, pour être la source de leurs foiblesses que l'on doit excuser le moins, n'en est peut-être pas la moins ordinaire ; et ce qui, ajouta-t-il en soupirant et en levant les yeux au ciel, est encore plus terrible pour elles, c'est le désœuvrement perpétuel dans lequel elles languissent. Cette nonchalance fatale livre l'esprit aux idées les plus dangereuses ; l'imagination, naturellement vicieuse, les adopte et les étend : la passion déjà née en prend plus d'empire sur le cœur : ou s'il est encore exempt de trouble, ces phanômes de volupté que l'on se plaît à se présenter, le disposent à la foiblesse. Quand, seule et abandonnée à toute la vivacité de son imagination, une femme poursuit une chimère que son désœuvrement l'a forcée d'enfanter, pour n'être pas troublée dans cette jouissance imaginaire, elle écarte toutes ces idées de vertu qui la feroient rougir des illusions qu'elle se forme; moins l'objet qui la séduit est réel, plus elle croit inutile de lui résister; c'est dans le silence, c'est vis-à-vis d'elle même qu'elle est foible, qu'a-t-elle à craindre? Mais ce cœur qu'elle nourrit de tendresse, ces sens qu'elle plie à l'habitude de la volupté, se contenteront-ils toujours d'illusions? Supposé même qn'elle ne cherche pas ce qui blesse plus réellement la vertu, peut-elle se flatter que dans un moment d'entrainement (et qui sera peut-être un de ceux où intérieurement elle s'égare) où un amant tendre, ardent, empressé viendra gémir à ses genoux, et y porter en même temps ses larmes et ses transports, elle trouvera dans un cœur qu'elle à tant de fois livré volontairement aux charmes de la mollesse, ces principes qui seuls pouvoient la faire triompher d'une si dangeureuse occasion.

Ah, Moclès! s'écria Almaïde en rougissant, que la vertu est difficile à pratiquer! Vous êtes moins faite qu'une autre pour le croire, répondit-il, vous qui avec tous les agrémens possibles, née pour vivre au milieu des plaisirs, avez tout sacrifié à cette même vertu, qu'aujourd'hui l'on sacrifie aux choses mêmes qui sembleroient devoir le moins l'emporter sur elle. Je ne me flatte point, repliqua-t-elle modestement, d'être arrivée à la perfection; mais il est vrai que j'ai tout craint, surtout ce désœuvrement dont vous venez de parler, et ces livres, et ces spectacles pernicieux qui ne peuvent qu'amollir l'âme. Oui, je le sais, reprit-il, et c'est à ce soin continuel de vous occuper, que vous devez principalement votre sagesse, car (et je le vois par nous-mêmes) rien ne nous livre plus aux passions que l'oisiveté, et si elle prend tout sur nous qui sommes nés moins fragiles, jugez de ce qu'elle peut sur vous. Il est vrai, répondit-elle, que nous avons tout à combattre. Infiniment plus que nous ne pensons, répliqua-t-il, et c'étoit ce que je vous disois. Il faut de plus, que vous considériez que les femmes sont toujours attaquées, et que (si vous en exceptez quelques-unes, sans pudeur et sans principes, qui même, sans aimer, osent les premières dire qu'elles aiment), il n'arrive pas, quelque corrompu que l'on soit aujourd'hui, que nous ayons à combattre ces soins, ces pleurs, et cette obstination que nous employons tous les jours contre les femmes avec tant de succès. D'ailleurs, si vous ajoutez aux hommages qu'on leur rend, l'exemple.... A cet égard, interrompit-elle, nous n'avons point d'avantage sur vous, l'exemple doit même d'autant plus vous entraîner, que vous êtes galans par état. Cela n'est pas exactement vrai pour tous les hommes, reprit-il, puisqu'il y en a beaucoup à qui leur état même interdit cette frénésie de l'âme, que l'on appelle le plaisir d'aimer : moi, par exemple, je suis dans ce cas-là. Quand cela ne seroit pas, répliqua-t-elle, né assez heureux pour être inaccessible aux passions, vous aurez toujours.... Ici Moclès leva les yeux au Ciel en soupirant. Quoi ! continua Almaïde, vous reprocheriez-vous quelque chose ! Ah, Moclès ! si vous n'êtes pas content de vous-même, qui peut oser l'être de soi? Quoi ! vous auriez voulu connoître l'amour ? Oui, répondit-il tristement ; cet aveu m'humilie, mais je le dois à la vérité. Il est vrai aussi que je n'ai pas cédé à cette funeste tentation. En vous avouant que j'ai quelquefois été obligé de combattre, je me montre sans doute à vos yeux avec des foiblesses dont, à votre étonnement, je vois bien que vous ne me croyez pas capable, mais en vous tirant d'une erreur qui m'étoit avantageuse, je crains de vous faire encore trop bien penser de moi. Il est moins humiliant d'être tenté, qu'il n'est glorieux de résister à la tentation. En vous confiant mes foiblesses, je suis forcé de vous parler de mes triomphes ; ce que je perds d'un côté, il semble que je veuille le regagner de l'autre, et je ne sais si je ne dois pas craindre que vous n'attribuyez à l'orgueil un aveu que je ne vous fais que pour éviter le mensonge.

En achevant ce modeste discours, Moclès baissa les yeux. Oh! vous ne risquez rien avec moi, lui dit vivement Almaïde, je vous connois. Eh bien! vous avez donc été quelquefois tenté de succomber; vous ne m'étonnez pas: on a beau marcher d'un pas constant à la perfection, on n'y arrive jamais. Ce que vous dites n'est malheureusement que trop prouvé, répondit-il. Hélas! s'écria-t-elle douloureusement, pensez-vous donc que j'aie tant à me louer de moi-même, et que je sois exempte de ces foiblesses que vous vous reprochez? Quoi! lui dit-il, vous aussi, Almaïde! J'ai trop de confiance en vous pour vouloir rien vous cacher, reprit-elle, et je vous avouerai que j'ai eu cruellement à combattre. Ce qui m'a long-temps étonnée, et qu'encore aujourd'hui je ne conçois pas, c'est que ce trouble qui s'empare des sens et les confond, soit indépendant de nous-mêmes: cent fois il m'a surprise dans les occupations les plus sérieuses, et qui naturellement devaient y rendre mon âme moins accessible. Quelquefois je le combattois avec succès; dans d'autres tems, moins forte contre lui, malgré moi-même il m'asservissoit, entraînoit mon imagination, se soumettoit toutes mes facultés. Que ces honteux mouvemens subjuguent une âme qui se plaît à les nourrir, et qui ne se trouve heureuse qu'autant qu'elle y est en proie, je n'en suis pas surprise ; mais pourquoi y est-on exposé, quand on porte le plus grand, et le plus continu de ses soins, de les anéantir ?

Ce que l'on appelle sagesse, répondit Moclès, consiste beaucoup moins à n'être pas tenté, qu'à savoir triompher de la tentation, et il y auroit trop peu de mérite à être vertueux, si, pour l'être, l'on n'avoit pas d'obstacle à surmonter. Mais puisque nous en sommes sur ce chapitre, dites-moi de grâce : depuis que vous êtes dans cet âge où le sang, coulant dans les veines avec moins d'impétuosité, vous rend moins susceptible de désirs, sentez-vous encore ces mouvemens affreux ? Ils sont beaucoup moins fréquens, répartit-elle, mais j'y suis encore sujette. Je dois vous avouer que je suis aussi dans le même cas, répondit-il en soupirant.

Mais nous sommes fous de parler comme nous faisons, dit Almaïde en rougissant, et cette conversation n'est pas faite pour nous. Je doute, toutes réflexions faites, que nous devions beaucoup la craindre, répondit Moclès en souriant d'un air vain ; il est bon de se défier de soi-même, mais ce seroit aussi avoir trop mauvaise opinion de nous, que de nous croire si susceptibles. Je conviens que le sujet que nous traitons, ramène nécessairement à de certaines idées; mais il est bien différent de le discuter dans la vue de s'éclairer, ou dans celle de se séduire; et nous pouvons, je crois, sans nous tromper, nous répondre de nos motifs et nous reposer sur eux de notre tranquillité. Il ne faut pas d'ailleurs, que vous croyiez que ces sortes d'objets, si dangereux pour les gens qui vivent dans le désordre, puissent faire la même impression sur nous: par eux-mêmes ils ne sont rien; des personnes de la vertu la plus pure sont quelquefois forcées de s'y arrêter, sans que la discussion la plus exacte de ces matières prenne sur l'innocence de leurs mœurs. Tout est mal et corruption pour les cœurs corrompus, comme les choses qui paroissent le plus contraires à la sagesse sont sans pouvoir sur ceux qui ne cherchent point à s'y complaire. Cela n'est pas douteux, puisque vous le croyez, répondit-elle; et je n'ai garde de me faire des scrupules, quand il vous paroît que je n'en dois pas avoir.

Vous ne devineriez jamais, lui dit-il, la curiosité qui m'occupe, je n'ose vous la découvrir, parce que je la crois indiscrette, et je ne puis cependant y résister; je voudrois savoir si jamais on ne vous a fait de propositions d'un certain genre, si jamais enfin (pour vous montrer ma curiosité tout entière) vous n'avez essuyé les transports d'aucun homme, soit volontairement, soit malgré vous ?

A cette question qu'Almaïde n'avoit pas prévue, elle demeura étonnée, rougit, et parut rêver : enfin, prenant son parti ; mais oui, répondit-elle avec embarras ; et puisque vous voulez le savoir, je vous avouerai naturellement qu'un jour un jeune étourdi qui (car je ne veux rien vous dissimuler), malgré mon aversion pour les hommes, me paroissoit assez aimable, me trouvant seule, me dit de ces galanteries que les hommes croient nous devoir, quand nous ne sommes pas encore parvenues à cet âge heureux qui ne leur inspire pour nous que du respect, ou que nous sommes assez à plaindre pour avoir une figure qui nous expose à leurs désirs. Nous étions seuls ; je lui répondis selon les principes que je m'étois faits. Loin que ma réponse lui imposât, il crut que je cherchois moins à lui dérober sa conquête, qu'à la lui faire valoir ; il osa même m'assurer que je l'aimerois ; vous imaginez bien que je lui soutins fortement le contraire. Je ne sais avec quelles femmes vivoit ordinairement cet étourdi ; mais assurément elles ne l'avoient pas accoutumé au respect. Il s'approcha de moi, et me prenant brusquement entre ses bras, il me renversa sur un sopha. Dispensez-moi, de grâce, du reste d'un récit qui blesseroit ma pudeur, et qui peut-être troubleroit encore mes sens. Qu'il vous suffise de savoir.... Non interrompit Moclès, vous me direz tout : c'est moins, je le vois, (et ne le vois pas sans frémir pour vous) la crainte d'émouvoir vos sens, ou de blesser la pudeur qui vous ferme la bouche, que la honte d'avouèr que vous avez été trop sensible, et ce motif, loin d'être louable, ne saurait être trop blâmé. Je puis, je crois même devoir ajouter à ce que je vous dis, que s'il est vrai que vous craignez que le récit que j'exige de vous ne vous jette dans une émotion dangereuse, vous ne pouvez le supprimer ou l'adoucir, sans être coupable. N'est-il donc pour vous d'aucune conséquence d'ignorer ce que peuvent sur vous de certaines idées ? oserez-vous compter sur vous-même, quand vous ne vous serez pas éprouvée ? ainsi donc, ménageant toujours votre âme, vous ignorez toujours quelles sont ses forces ! Almaïde, croyez-moi, l'on ne craint jamais assez un danger que l'on ne connoît pas, et l'on ne tombe ordinairement que pour avoir trop compté sur soi-même.

Vous ne pouvez donc peser trop sur toutes les circonstances de votre histoire ; ce n'est que par l'effet qu'elles feront aujourd'hui sur vous, que vous pourrez apprendre jusques où sont les progrès que vous avez faits dans le chemin de la vertu, ou (ce qui est encore plus essentiel) ce qu'il vous reste encore à détruire pour parvenir à cette aversion totale des plaisirs, qui seule fait les vertueux.

Ce conseil me surprit dans la bouche de Moclès, je lui connoissois de la droiture et les lumières, et je ne concevois pas ce qui dans cet instant le faisoit raisonner d'une façon si contraire à ses principes. Quoi! me dis-je avec étonnement, c'est Moclès! ce sage Moclès! qui conseille à Almaïde de peser sur les détails qui peuvent blesser la pudeur, et porter à la corruption! L'envie que j'avois de m'éclaircir les motifs de Moclès, me le fit regarder avec attention, et je lui trouvai tant d'agrément dans les yeux, que je commençai à croire que je pourrois bien trouver ma délivrance dans le lieu du monde où j'aurois le moins osé l'attendre.

Pendant que je sondois de si douces espérances, autant sur l'idée que j'avois de la vertu d'Almaïde et de Moclès, que sur le trouble où tous deux commençoient à se mettre, Almaïde continua son histoire.

CHAPITRE IX.

Où l'on trouvera une grande question à décider.

Je vous obéirai aveuglément, répondit Almaïde à Moclès : vous venez de me faire sentir que la vanité seule me fermoit la bouche, et je vais m'en punir en vous confiant sans déguisement les circonstances de mon aventure qui me mortifient le plus.

Je vous ai dit, ce me semble, que ce jeune homme dont je vous parlois, m'avoit renversée sur un Sopha ; je n'étois pas encore revenue de mon étonnement, qu'il s'y précipita sur moi.

Quoique l'excès de ma surprise me permît à peine de lui exprimer ma colère, il la lut aisément dans mes yeux, et voulant se précautionner contre mes cris, il parvint, malgré ma résistance, à me fermer la bouche avec le baiser le plus insolent : il me serait impossible de vous dire combien d'abord j'en fus révoltée ; je l'avouerai pourtant, mon indignation ne fut pas longue. La nature, qui me trahissoit, me porta bientôt ce baiser dans le fond du cœur ; il se mêla tout d'un coup à ma colère, des mouvemens qui ne la laissèrent plus agir qu'avec foiblesse. Tous mes sens se soulevèrent, un feu inconnu se glissa dans toutes mes veines : je ne sais quel plaisir qui, en le détestant, m'entraînoit, remplit insensiblement toute mon âme; mes cris se convertirent en soupirs, et emportée par les mouvemens auxquels, malgré ma colère et ma douleur, je ne pouvois plus résister, en gémissant de l'état où je me voyais, je n'avois plus la force de m'en défendre.

Voilà, s'écria Moclès, une terrible situation! Bien! continua-t-il en la regardant avec des yeux enflammés. Que vous dirai-je, reprit-elle? quand je le pouvois, je lui faisois des reproches : mais c'étoit machinalement. Je crois que je lui parlois, que je le traitois avec tout le mépris qu'il méritoit; je dis que je le crois, car je n'oserois l'assurer. A mesure que ce trouble cruel augmentoit, je sentois expirer mes forces et ma fureur; une confusion singulière régnoit dans toutes mes idées. Je ne m'étois pourtant pas encore rendue; mais quelle résistance! qu'elle étoit foible! et que toute foible qu'elle étoit, elle me coûtoit encore! Je ne me rappelle, Moclès, ce souvenir qu'avec horreur, et la honte qu'il me cause, me le rend aussi présent que si je gémissois encore entre les bras de cet audacieux.

Quel moment pour ma vertu! Ah, Moclès! comment, sentant tout le prix de cette innocence que l'on cherchoit à me ravir, ne craignant rien tant, même au milieu du désordre auquel j'étois livrée, que le malheur de la perdre, trouvois-je tant de douceur dans cette volupté qui s'étoit emparée de moi? Comment des craintes si vives ne m'arrachoient-elles pas aux plaisirs, ou pourquoi les plaisirs laissoient-ils encore sur mon cœur tant d'empire à la vertu? Je souhaitois, (mais avec quels efforts! combien ne souffrois-je pas à le souhaiter!) que l'on vînt m'arracher au sort qui me menaçoit. En même temps que je formois cette idée louable, un mouvement contraire qui agissoit sur moi avec la dernière violence, et qui cependant me déplaisoit moins que le premier, me faisoit désirer vivement que rien ne s'opposât à ma défaite. En rougissant de ce que je sentois, je brûlois d'en sentir davantage; sans imaginer de nouveaux plaisirs, j'en souhaitois; l'ardeur qui me dévoroit commençoit à devenir un supplice pour moi et à fatiguer mes sens.

Quelle que fût l'ivresse dans laquelle j'étois plongée, je n'avois pas encore pu parvenir à étouffer cette voix importune qui crioit au fond de mon cœur, et qui, n'ayant pu m'arracher à ma foiblesse, continuoit de me la reprocher, lorsque ce jeune homme, remarquant, sans doute, l'impression qu'il faisoit sur moi, poussa enfin jusqu'au bout les outrages qu'il me faisoit. Il.... mais comment pourrois-je vous exprimer ce dont je rougis encore? Occupée niquement, autant que mon trouble me le permettoit, à me défendre de ces baisers dont il m'accabloit sans cesse, je n'avois point pris d'ailleurs de précautions contre lui. Malgré le cruel état où j'étois, cette nouvelle insulte réveilla ma fureur; hélas! ce ne fut pas pour long-temps. Je sentois bientôt augmenter mon désordre, jusqu'aux efforts que je faisois pour échapper à cet audacieux, ou pour le déranger du moins, tout y contribuoit, tout achevoit de me séduire. Perdue enfin dans des transports inexprimables, dans un ravissement dont il me seroit impossible de vous donner l'idée, je tombois sans force et sans mouvement, entre les bras du cruel qui me faisoit de si sanglans affronts.

Quel état! s'écria Moclès, et que j'en crains les suites! elles ne furent cependant pas telles que vous les imaginez, répondit Almaïde. Au milieu d'une situation dont j'avois d'autant plus à craindre, que je n'en craignois plus rien, je ne sais pourquoi mon ennemi suspendit tout d'un coup sa fureur et ses entreprises. Par un prodige que je n'ai jamais pu concevoir, et que vous ne croirez peut-être pas, tant il est extraordinaire! dans l'instant où je n'avois plus rien à lui opposer, et où lui-même paroissoit au comble de l'égarement, ses yeux, dont je ne pouvois soutenir l'éclat et l'impression, changèrent; une sorte de langueur, qui vint y ré-

gner, en bannit la fureur : il chancela, et
me pressant dans ses bras, avec plus de tendresse et moins de violence qu'auparavant, il devint (juste punition des maux qu'il m'avoit faits!) aussi foible que je l'étois moi-même. En ce moment mon trouble commençoit à se dissiper, et je fus assez heureuse pour pouvoir jouir de toute l'humiliation de mon ennemi; après l'avoir considéré avec tout le plaisir possible, et remercié intérieurement Brama de la protection visible qu'il m'avoit accordée, je me relevai avec violence. A mesure que mes sens se calmoïent, et que mes idées devenoient plus claires, je sentois plus vivement ma honte. Vingt fois j'ouvris ma bouche pour charger ce jeune téméraire des reproches qu'il méritoit; mais cette confusion secrète dont j'étois accablée, me la ferma toujours, et après avoir regardé avec toute l'indignation que méritoit l'insolence de son procédé, je le quittai brusquement. J'aimai mieux, à vous dire vrai, garder le silence, que d'entrer dans des détails qui m'auraient fait rougir, et que la foiblesse honteuse dont je venois d'être coupable me faisait craindre.

Voilà, poursuivit-elle, la seule fois que je me sois trouvée dans ce danger que j'avois toujours craint avant que de le connoître et que je n'ai connu que pour l'éviter avec plus de soin que jamais. Je me crus même d'autant plus obligée à le fuir, que je ne doutai pas, aux mouvemens que j'avois éprouvés, que je n'eusse plus de penchant à l'amour que je ne l'avois cru.

Vous voyez bien, dit alors Moclès, qu'il est important d'essayer son âme ; mais à propos, comment va la vôtre ? ce récit a-t-il fait sur vous les impressions que vous craignez ? Mais enfin, répondit-elle en rougissant, elle n'est pas aussi tranquille qu'elle l'étoit. De sorte, reprit-il, que si actuellement vous trouviez un téméraire, vous ne laisseriez pas d'en être un peu embarrassée. Ah ! ne me parlez plus de cela, s'écria-t-elle, ce seroit le plus cruel malheur qui pût m'arriver. Oui, répondit-il avec distraction, cela se conçoit aisément.

En achevant ces paroles, il tomba dans la rêverie la plus profonde : de tems en tems il regardoit Almaïde d'un air interdit, et avec des yeux qui peignoient ses désirs et son irrésolution. L'aveu qu'Almaïde venoit de lui faire de son trouble, l'encourageoit ; mais son inexpérience ne lui permettant pas de savoir le mettre à profit, peu s'en falloit qu'il ne lui devînt inutile. La façon dont il devoit s'y prendre pour achever de séduire Almaïde n'étoit pas la seule chose à la quelle il rêvât. Retenu par le souvenir de ce qu'il avoit été, tyrannisé par l'idée des plaisirs, séduit, cessant de l'être, je le voyois tour-à-tour prêt à fuir ou à tout tenter.

Pendant qu'il éprouvoit tant de combats, Almaïde n'étoit pas dans un état plus tranquille. Le récit que Moclès lui avoit demandé avoit produit sur son esprit tout ce qu'elle avoit craint. Ses yeux s'étoient animés ; une rougeur différente de celle que la pudeur fait naître, des soupirs entrecoupés, de l'inquiétude, de la langueur, tout m'apprit, mieux qu'elle ne le savoit elle-même, la force de l'égarement dans laquelle elle étoit plongée. J'attendois avec impatience ce que deviendroit la situation où deux personnes si sages s'étoient si imprudemment engagées. Je craignis même quelque temps qu'ils ne sentissent l'erreur où leur trop grande sécurité les avoit entraînés, et que, dans des cœurs accoutumés à la vertu, elle ne fit pas tout le progrès que mon état et les promesses de Brama me forçoient de souhaiter.

Je crus voir enfin aux regards d'Almaïde et de Moclès, qui de moment en moment devenoient moins timides, et se chargeoient de plus de volupté, que c'étoit moins la crainte de succomber qui les retenoit, que l'embarras d'amener leur chûte. Tous deux étoient également tentés, tous deux me sembloient avoir le même désir et le même besoin de connoître. Cette situation, pour deux personnes qui auroient eu un peu d'usage du monde, n'auroit pas été embarrassante : mais Almaïde et Moclès, loin de savoir l'art de s'aider mutuellement, n'osoient, ni se confier leur état, ni se marquer, autrement que par des regards encore mal assurés, le feu dont ils se sentoient brûler. Quand même ils se seroient cru l'un à l'autre les mêmes idées, savoient-ils à quel point ils étoient séduits tous deux? Quelle honte ne seroit-ce pas pour celui qui parleroit le premier, s'il trouvoit dans le cœur de l'autre quelques restes de vertu ! et comment pouvoir s'éclaircir, quand tous deux avoient tant de raisons de ne pas rompre le silence? En supposant à Almaïde plus de foiblesse encore qu'à Moclès, elle n'en étoit pas moins forcée de l'attendre. A cette sagesse, dont elle avoit toujours fait profession, se joignoient la pudeur et les bienséances de son sexe, qui ne lui permettoient pas de déclarer ses désirs ; et quoique pour toutes les femmes, cette loi ne soit pas inviolable, Almaïde, ou tout-à-fait neuve, ou peu faite à la galanterie, craignoit le mépris si justement attaché à une démarche de cette nature. D'ailleurs savoit-elle comment Moclès la prendroit? Peut-être si elle eût été sûre qu'en la méprisant, il eût voulu céder, se seroit-elle étourdie là-dessus ; mais, s'il s'en tenoit simplement au mépris?

Après qu'ils eurent agité quelque tems en eux-mêmes de quelle manière ils pourroient se parler sans s'exposer à la honte de ne pas réussir, Moclès, de qui un aveu formel de ses sentimens auroit trop blessé l'orgueil et l'état, crut qu'il ne pouvoit mieux réussir que par le sophisme; supposé cependant que le choix des moyens dépendît encore de l'examen qu'en pouvoit faire sa raison, et qu'il ne cherchât pas encore plus à s'éblouir lui-même, ou à sauver sa gloire, en cas que l'épreuve qu'il alloit tenter ne lui réussît point, qu'à tromper Almaïde. Heureux s'il eût voulu employer, pour se défendre, seulement la moitié de l'art qu'il mit à achever de se séduire, ou à se justifier sa séduction.

Oh parbleu! dit alors le Sultan, on peut dire que s'il s'y prend mal, ce ne sera pas faute d'y avoir beaucoup rêvé. Mais, dit la Sultane, je ne sais pas pourquoi vous êtes si étonné qu'il ait fait tant de réflexions; il me semble que la situation où il se trouvoit exigeoit qu'il en fît quelques-unes. Quelques-unes, passe, répondit Schah Baham, et c'est précisément parce qu'il n'en falloit que quelques unes, qu'il n'avoit pas besoin d'en faire tant. Il falloit que ces gens-là fussent terriblement tentés pour ne pas rentrer en eux-mêmes avec le tems qu'ils se donnoient pour cela. Vous avez risqué de faire une remarque judicieuse, reprit la Sultane. Vous avez risqué ! dit Schah Baham, oserois-je bien vous demander ce que cela veut dire? Vous avez de petites façons de parler, aussi peu respectueuses que j'en connoisse, et dont il n'y a peut-être pas au monde de Sultan qui voulût s'accommoder. Mais je veux dire, répondit la Sultane, qu'elle porte à faux. Toutes les idées tumultueuses, qui occupoient Almaïde et Moclès, se succédoient avec une extrême promptitude ; et, si vous vouliez bien y penser, vous verriez que ce qu'Amanzéi ne nous a dit qu'en un quart-d'heure, ne dût pas suspendre deux minutes leurs résolutions. Eh bien ! répliqua le Sultan, le conteur est donc une bête, s'il emploie tant de temps à rendre ce que les gens dont il parle pensèrent avec tant de promptitude. Je voudrois bien, reprit-elle, que vous fussiez obligé de nous en peindre autant. J'ai mes raisons pour croire que je m'en acquitterais fort bien, répartit-il ; mais je ferois encore mieux que tout cela ; car, ce que je trouverois si difficile à dire, je ne me ferois point du tout de peine de le passer.

Les idées dans lesquelles Moclès étoit absorbé, ses désirs, les efforts qu'il faisoit pour les éteindre, le plaisir avec lequel il s'y livroit, lui donnoient un air si sérieux et si occupé, qu'Almaïde enfin jugea à propos de lui demander ce qu'il avoit pour garder si long-temps le silence. Je crains, ajouta-t-elle, que vous ne vous fassiez des idées noires. Vous avez raison, répartit-il, et c'est le récit que vous venez de me faire, qui me les a fait naître. Almaïde parut étonnée de ce qu'il lui disoit. N'en soyez pas surprise, continua-t-il, et ne soyez pas plus choquée de ce que je vais vous dire, tout extraordinaire qu'il sera dans ma bouche. Je suis désolé que ce jeune téméraire, qui vous ménagea si peu, n'ait pas eu le tems d'achever son crime. Ah, Moclès! s'écria-t-elle; et pourquoi? Parce que, répondit-il, vous seriez en état de calmer des doutes qui me tourmentent depuis long-temps, que vous venez de me rendre dans toute leur force, et que notre inexpérience réciproque laissera toujours subsister; puisque vous ne pourriez point répondre à mes questions, et qu'il seroit trop dangereux pour moi d'interroger sur ce qui m'agite, une autre personne que vous. Ma curiosité roule sur des choses d'une nature si étrange pour un homme de mon caractère et de ma profession, qu'à moins de me connoître comme vous faites, on ne manquerait pas de l'attribuer à un motif qui ne me feroit pas honneur. Il est certain, répondit-elle, que vous pouvez tout me dire sans rien risquer. C'est cela même, reprit-il, qui me feroit presque désirer que vous fussiez plus instruite : car ayant en moi autant de confiance que j'en ai en vous, sûrement vous ne me cacheriez rien. Quand j'aurais pu douter de votre amitié, et de la façon dont vous comptez sur ma discrétion, la vérité avec laquelle vous venez de me confier jusqu'à vos plus intimes mouvemens, m'en aurait convaincu. Sachons toujours ce qui vous occupe, repliqua-t-elle, peut-être à force de raisonner, viendrons-nous à bout....

Oh non ! interrompit-il, vous ne pourriez me donner que des conjectures ; et ce qui m'occupe est d'une nature à exiger la plus parfaite certitude. Sans vous inquiéter davantage, je vais vous dire ce que c'est, et vous jugerez s'il doit m'être indifférent, pensant comme je fais, d'être sur un pareil article, dans une si profonde ignorance. D'ailleurs votre intérêt s'y trouve joint au mien, puisqu'il n'est pas possible que, vertueuse comme vous êtes, vous ne soyez pas tourmentée des mêmes idées que moi. Vous m'effrayez ! lui dit Almaïde, parlez, je vous en conjure. Eh bien ! lui dit-il, je pense qu'il est possible que nous ayons fort peu de mérite à ne nous être jamais écartés de nos devoirs. Cela se pourroit-il ! s'écria-t-elle, et d'un air assez fâché de ce que la conversation prenoit un tour si sérieux. Sans doute, reprit-il, et je vais vous en convaincre.

Vous n'avez, vous, jamais éprouvé les douceurs de l'amour, (car, quelque chose que vous en puissiez croire, il n'est pas douteux que ce qui vous est arrivé avec ce jeune homme ne vous en a donné qu'une idée fort imparfaite) moi, je l'ai toujours fui; est-ce là de quoi nous croire si parfaits? Mais, direz-vous, nous avons eu des désirs, et nous en avons triomphé. Est-ce donc une si grande victoire que celle-là? savions-nous ce que nous désirions? sommes-nous même bien sûrs d'avoir eu des désirs; non, notre orgueil nous a trompés: ce que nous avons pris pour les désirs les plus ardens, étoit sans doute, de bien légères tentations. Ce n'est, peut-être, que par ignorance que nous nous y sommes mépris: plût au Ciel! Mais s'il est vrai (comme je crains bien) que la seule envie de nous exagérer nos triomphes, ou de croire seulement que nous en remportions, nous ait trompés là-dessus, dans quelle coupable erreur n'avons-nous pas vécu? Nous nous sommes flattés d'être vertueux, pendant que nous étions peut-être plus imparfaits que ceux que nous osions blâmer, et que notre vanité nous donnoit même un vice de plus qu'à eux.

Cela est vrai dit Almaïde, vous venez de faire là une affligeante réflexion! Ce n'est pas d'aujourd'hui qu'elle me tourmente répliqua-t-il d'un air triste, et d'autant plus que, pour me guérir de mes doutes, je ne vois qu'un moyen qui, tout simple qu'il est, ne laisse pas d'être dangereux. Voyons toujours, lui demanda-t-elle; comme je suis précisément dans le même cas que vous, j'ai l'intérêt du monde le plus pressant à savoir ce que vous avez pensé. Il faut vous connoître comme je fais, répondit-il, pour ne pas craindre de vous le dire.

Nous nous croyons vertueux, vous et moi; mais, comme je vous le disois tout à l'heure, nous ne savons réellement ce qui en est, et vous n'en allez plus douter. En quoi consiste la vertu? dans la privation absolue des choses qui flattent le plus les sens. Qui peut savoir quelle est la chose qui les flatte le plus? celui-là seul qui a joui de toutes. Si la jouissance du plaisir peut seule apprendre à le connoître, celui qui ne l'a point éprouvé ne le connoît pas; que peut-il donc sacrifier? Rien, une chimère; car, quel autre nom donner à des désirs qui ne portent que sur une chose qu'on ignore; et si, comme cela est décidé, la difficulté du sacrifice en fait seule tout le prix, quel mérite peut avoir celui qui ne sacrifie qu'une idée? Mais après s'être livré aux plaisirs et s'y être trouvé sensible, y renoncer, s'immoler soi-même, voilà la grande, la seule, la vraie vertu, et celle que ni vous ni moi ne pouvons nous flatter d'avoir.

Je ne le vois que trop, dit Almaïde, il est certain que nous ne pouvons pas nous en flatter. Nous nous en sommes flattés pourtant, répondit vivement Moclès, qui craignoit qu'en laissant à Almaïde le temps de la réflexion elle ne sentît combien les raisonnemens qu'il employoit étoient faux ; nous avons osé le croire, et dès ce moment nous voilà coupables d'orgueil. Je suis bien aise, continua-t-il, et je vous loue sincèrement de ce que vous sentez que tant qu'on ne s'est point mis à portée de pouvoir faire une comparaison exacte du vice et de la vertu, l'on ne peut avoir sur l'un et sur l'autre que des idées fausses. D'ailleurs, (car ce mal, tout grand qu'il est, n'est pas le seul) on est sans cesse tourmenté du désir d'apprendre ce que l'on s'obstine à ignorer. L'âme exercée malgré elle-même par ce mouvement de curiosité, en a sûrement plus de négligence sur ses devoirs ; en proie à des distractions fréquentes, elle perd à raisonner, à entrevoir, à suivre, à détailler, à approfondir ce qu'elle a conçu, le temps que, sans cette tourmentante idée qui l'obsède toujours, elle donneroit uniquement à la pratique de la vertu. Si elle savoit à quoi s'en tenir sur ce qu'elle souhaite de connoître, elle serait plus tranquille, elle seroit plus parfaite : il faut donc connaître le vice, soit pour être moins troublé dans l'exercice de la vertu, soit pour être sûr de la sienne.

Quoiqu'Almaïde fût dans une situation à ne pouvoir guère saisir que ce qui, en lui démontrant la nécessité du plaisir, la délivroit de la crainte des remords, ce sophisme la fit frissonner; elle demeura quelques momens interdite: mais l'envie qu'elle avoit de s'éclairer sur la volupté, ou de s'y perdre encore, l'emportant sur la terreur, elle me parut enfin plus surprise qu'effrayée de ce qu'elle venoit d'entendre. Vous croyez donc, lui demanda-t-elle d'une voix tremblante, que nous en serions plus parfaits? Mais vraiment, répliqua-t-il, je n'en doute pas: car, considérez de grâce, la position où nous sommes, et jugez s'il en est de plus horrible. Je ne le vois que trop, dit-elle avec inquiétude; elle est réellement épouvantable.

Premièrement, continua-t-il, nous ne savons pas si nous sommes vertueux; état triste pour des gens qui pensent comme nous. Ce doute, tout cruel qu'il est, n'est pas le seul malheur qu'entraîne notre situation: il n'est que trop certain que, contens de la privation que nous nous sommes imposés, il y a mille choses plus essentielles, peut-être, sur lesquelles nous nous sommes crus dispensés de nous observer; par conséquent, à l'ombre d'une vertu qui pourroit bien n'être qu'imaginaire, nous avons commis des crimes réels, ou (ce qui, sans être de la même importance, a cependant des inconvéniens considérables) nous avons négligé de faire de bonnes actions. Enfin, en nous supposant tels que nous nous sommes crus jusqu'ici, je me défierois encore d'une vertu que nous avons choisie, et je n'imaginerois pas qu'il y eût un grand mérite à l'avoir. Mettez différens fardeaux au choix d'un homme, il n'est pas douteux que ce sera du plus léger qu'il se chargera.

Je vous entends, dit-elle, en soupirant, vous voulez dire que nous avons fait de même. A combien de scrupules ne me livrez-vous pas, continua-t-elle en baissant les yeux; et comment n'en être pas tourmenté, quand le seul moyen que l'on ait pour s'en délivrer en fait lui-même naître tant! Ce moyen, reprit-il vivement, est dans le fond moins à craindre qu'il ne le paroit. Je suppose (et plût au Ciel que je ne supposasse rien!) que, fatigués de notre incertitude, sentant enfin qu'il est de notre devoir de nous en tirer, nous voulions connoître le plaisir, et juger de ses charmes par nous-mêmes, quel seroit le danger de cette épreuve, de ne pouvoir pas nous y attacher quand une fois nous l'aurions connu? Pour des âmes un peu foibles, j'avoue que cela serait à risquer; mais il me semble que, sans trop de présomption, nous pouvons un peu compter sur nous-mêmes. Si, comme, à ne vous rien cacher, je le présume, ce plaisir est moins séduisant qu'on ne le dit, ce ne sera pas la peine de nous livrer à des choses à la privation desquelles, flatteuses ou non, l'on a attaché de la gloire; si au contraire elles peuvent porter dans l'âme un trouble aussi grand qu'on l'assure, nous nous en priverons avec d'autant plus de joie, que nous serons sûrs qu'il y a beaucoup de vertu à le faire.

Ce raisonnement que sans doute Almaïde auroit détesté, si elle avoit été plus à elle-même, fit sur une âme qui n'attendoit plus pour succomber que l'apparence d'une excuse, tout l'effet que le malheureux Moclès s'en étoit promis. Après l'avoir regardé quelque temps avec des yeux incertains et troublés, je sens comme vous, lui dit-elle, la nécessité absolue de cette épreuve; mais avec qui la pourrions-nous faire en sûreté?

A ces mots, elle se pencha languissamment sur Moclès, qui peu à peu s'étoit approché d'elle, au point qu'en ce moment il la tenoit entre ses bras. Je crois, lui répondit-il, que, si nous la voulions hasarder, ce ne pourroit être qu'entre nous: nous sommes sûrs l'un de l'autre, et comme nous ne pouvons point douter que ce ne soit par une plus grande recherche de la vertu, que nous nous déterminions à des actions qui semblent la blesser, nous sommes certains de ne nous pas faire une habitude d'un mouvement de curiosité qui ne part que d'un si bon principe. De quelque façon que ce puisse être enfin, nous y gagnerons, puisqu'au moins le souvenir de notre chûte nous garantira de l'orgueil.

Quoiqu'Almaïde ne répondît rien, elle paroissoit encore incertaine; Moclès qui vouloit, à quelque prix que ce fût, la déterminer, lui opposa, pour achever de la vaincre, de ne tenter cette épreuve que par degrés, afin, disoit-il, que, s'ils trouvoient dans leurs premiers essais assez de volupté pour fixer leurs doutes, ils n'allassent pas plus loin. Elle y consentit, bientôt ils s'égarent, et irritant leurs désirs par des choses qui, quoiqu'elles fussent faites sans grâces, et avec maladresse, n'en prenoient pas moins d'empire sur leurs sens, ils perdirent de vue le marché qu'ils venoient de faire. Tous deux, trouvant trop ou trop peu dans ce qu'ils sentoient, jugèrent à propos de poursuivre, ou ne purent s'arrêter, et...... Tout d'un coup vous devintes autre chose, interrompit le Sultan? Non, Sire, répondit Amanzéi. Je ne comprends rien à cela, reprit Schah-Baham, et je sais bien pourquoi; c'est que cela est incompréhensible; car il n'est pas douteux qu'ils n'eussent tout ce que votre Brama demandoit. Je le crus d'abord comme votre invincible Majesté, répartit Amanzéi, il falloit pourtant qu'au moins l'un des deux en eût imposé à l'autre. J'imagine que vous fûtes bien fâché, répliqua le Sultan; et dites-moi, duquel des deux vous défiâtes-vous le plus? Le récit d'Almaïde, répondit Amanzéi, me donna sur elle de grands soupçons; et l'ignorance qu'elle affecta quand elle se rendit à Moclès, quoiqu'elle fût extrême, ne m'empêcha pas de croire qu'en lui faisant le récit de son aventure, elle avoit supprimé la circonstance qui me faisoit rester dans ma prison. Voilà bien les femmes! s'écria le Sultan. Oh oui! votre réflexion est juste : eh bien! je n'en ai rien dit, mais j'aurois parié qu'elle ne disoit pas tout; si je m'en étois vanté, il y a ici des gens qui m'auroient accusé de faire l'esprit fort. Allez, allez, soyez en certain; ce fut elle qui empêcha que vous ne fussiez délivré.

La chose, toute probable qu'elle est, répondit Amanzéi, souffre des difficultés; Moclès, pour un homme jusques alors si irréprochable, me parut avoir bien de l'expérience. Ceci change la thèse, dit le Sultan, car... ah oui! on le voit bien, c'étoit lui. Mais accordez-vous, dit la sultane; c'étoit elle, c'étoit lui: pourquoi, sans se tourmenter tant, ne pas penser que tous deux étoient de mauvaise foi? Vous avez raison, répliqua le sultan, à la rigueur cela se pourroit : il me semble pourtant qu'il seroit plus plaisant que ce fût l'un ou l'autre, je ne sais pas pourquoi, mais je l'aimerois mieux. Voyons toujours, que dirent-ils après? Ce n'est pas là ce qui m'intéresse le moins.

Moclès fut le premier qui revint de son égarement : il me parut d'abord comme étonné de se trouver entre les bras d'Almaïde, et sa raison reprenant peu-à-peu son empire, à l'étonnement succéda l'horreur : il sembloit ne pouvoir pas comprendre ce qu'il voyoit ; il cherchoit à en douter, à se flatter qu'un songe seul lui offroit de si cruels objets. Trop sûr enfin de son malheur, il leva douloureusement les yeux sur lui-même, et se retraçant tout ce qu'il avoit fait pour séduire Almaïde, combien sa criminelle passion l'avoit aveuglé, avec quel art il l'avoit corrompue par degrés, il tomba dans la douleur la plus amère.

Almaïde enfin ouvrit les yeux ; mais encore troublée, ne distingua pas les objets aussi bien que Moclès, elle fut d'abord plus confuse qu'affligée. Soit enfin que le désespoir où elle le voyoit lui fit sentir sa chûte, soit que d'elle même elle connût tout ce qu'elle avoit à se reprocher : Ah Moclès ! s'écria-t-elle en pleurant, vous m'avez perdue ! Moclès en convint, il s'accusa de l'avoir séduite, la plaiiroit, tâcha de la consoler, et lui parla en homme vraiment humilié sur le danger qu'il y a à compter trop sur soi même. Enfin, après lui avoir dit tout ce que peuvent inspirer la plus vive douleur et le repentir le plus sincère, sans oser la regarder, il prit congé d'elle pour toujours.

Almaïde restée seule, n'en fut ni moins honteuse, ni plus tranquille; elle passa toute la nuit à pleurer et à se reprocher tout, jusques au reproche qu'elle avoit fait à Moclès, et dans lequel alors elle trouvoit trop de vanité. Moclès, dès le lendemain, prit le parti de la retraite la plus austère.... Voilà qui achève de me décider, interrompit le sultan: ce n'étoit pas lui. Et Almaïde, continua Amanzéi, toujours inconsolable. quelques jours après suivit son exemple. Ceci me dérange, reprit le sultan; il falloit donc que ce ne fût pas elle. Jamais question plus difficile à décider ne s'étoit offerte à mon esprit, et je la laisse à résoudre à qui le pourra.

CHAPITRE X.

Où, entr'autres choses, on trouvera la façon de tuer le tems.

Quelque goût que j'eusse pris pour la morale, je commençois à m'ennuyer chez Almaïde, lorsque Moclès la séduisit. Un jour plus tard j'en serois sorti, persuadé qu'il y avoit au moins dans Agra deux femmes insensibles, ma patience heureusement me sauva une idée fausse.

Après avoir quitté Almaïde, j'errai long-tems; les ridicules, ou les vices d'un genre qui m'étoit déjà connu, me promettant peu de plaisir, j'évitai avec soin ces maisons où tout avoit l'air décent et arrangé. Mes courses me conduisirent dans un Faubourg d'Agra qui étoit rempli de maisons fort ornées; celle pour qui je me déterminai, appartenoit à un jeune seigneur qui n'y logeoit pas; mais qui quelquefois y venoit *incognitò*.

Le lendemain que je m'y fus fixé, je vis sur le soir arriver mystérieusement une dame, qu'à sa magnificence, et plus encore à la noblesse de son air, je pris pour une femme du plus haut rang. Mes yeux furent éblouis de ses charmes; avec plus d'éclat encore que Phénime, elle avoit la même modestie, et une physionomie si douce, que je ne pus la voir sans m'intéresser à elle vivement. A l'air dont elle entra dans le cabinet où j'étois, il sembloit qu'elle fût étonnée de la démarche qu'elle faisoit; elle ne parla qu'en tremblant à l'esclave qui la conduisoit, et sans oser lever les yeux, elle vint s'asseoir sur moi en rêvant, mais avec tant de langueur, qu'il ne me fut pas difficile de deviner quel étoit le mouvement qui l'occupoit.

A peine fut-elle seule, et livrée à elle-même, que, s'occupant des plus tristes réflexions, après avoir soupiré plusieurs fois, ses beaux yeux répandirent des larmes. Sa douleur paroissoit cependant plus tendre que vive, et elle sembloit moins pleurer des malheurs qu'en craindre. Elle avoit à peine essuyé ses pleurs, qu'un jeune homme fort bien fait et mis superbement, entra avec impétuosité, et en chantant, dans ce cabinet. Sa présence acheva de troubler la dame; elle rougit, et en détournant ses yeux de dessus lui, et se cachant le visage, elle tâcha de lui dérober la confusion où elle étoit.

Pour lui il s'avança vers elle de l'air du monde le moins tendre et le plus galant, et se jettant à ses genoux: Ah Zéphis! lui dit-il, mes yeux ne me trompent-ils pas? est-ce Zéphis que je vois ici? est-ce vous? vous que j'adore, et que je n'osois presque pas y espérer! quoi! c'est vous qu'enfin je tiens dans mes bras!

Oui, répondit-elle en soupirant, c'est moi qui n'aurois jamais dû venir ici, c'est moi qui meurs de honte de m'y trouver, et qui n'ai cependant pas craint de m'y rendre. Que vous me rendez chère cette solitude, s'écria-t-il, en lui baisant la main! Ah répondit-elle, qu'un jour peut-être, elle me coûtera de regrets! Les preuves que je vous y donne de ma foiblesse deviendront plus cruelles pour moi, à mesure qu'elles s'effaceront de votre souvenir, et elles s'en effaceront, Mazulhim; ou si vous vous les rappelez quelquefois, ce ne sera que pour me mépriser de ce que j'aurai fait pour vous. Mais quelle erreur! répliqua-t-il d'un ton badin; pouvez-vous, belle comme vous êtes, vous former de pareilles chimères? Savez-vous bien qu'*au vrai*, je n'ai jamais aimé personne aussi tendrement que vous; et vous doutez de mes sentimens! Non, je n'ai point le bonheur d'en douter, reprit-elle tristement; je sais que vous ne pouvez être ni constant, ni fidèle; je doute même que vous sachiez aimer; cependant je vous aime, je vous l'ai dit, et je viens dans ces lieux vous le dire encore. Je sens ma foiblesse dans toute son étendue, je m'en fais pitié à moi même, j'en vois toutes les suites, et pourtant j'y cède. Ma raison me fait voir tout ce que j'ai à craindre, mon amour me fait tout braver.

Mais, en vérité, répondit-il, savez-vous bien que vous me faites un vrai tort mortel de ne me pas voir aussi tendre que je le suis? Ah! Mazulhim, s'écria-t-elle, est-ce ainsi que vous sentez tout ce que je vous sacrifie, et que vous rassurez mon cœur? Je vous aime, Mazulhim; si vous me connoissiez mieux, vous n'en douteriez pas. Ce cœur qui vous adore, n'a (vous ne pouvez pas l'ignorer) jamais été qu'à vous ; dites-moi que vous désirez qu'il y soit toujours. Si vous saviez combien j'ai besoin de croire que vous m'aimez, vous ne me refuseriez pas de me le dire, ne fût-ce même que par humanité. C'est à vous seul aujourd'hui que mon bonheur est attaché ; vous voir, vous aimer toujours, c'est mon seul bien et mes uniques vœux. Seroit-il bien vrai que vous fussiez incapable de penser pour moi comme je pense pour vous?

Ah ! s'écria-t-il, je vous proteste.... .. Mazulhim, interrompit-elle, laissez-moi le soin de vous justifier, je m'en acquitterai mieux que vous-même, et j'ai plus d'envie de croire que vous m'aimez, que vous de me le persuader. Je vous avouerai, madame, reprit-il d'un air plus sérieux que touché, que je ne me croyois pas assez malheureux pour que les preuves que depuis six mois j'ai tâché de vous donner de ma tendresse, vous en eussent aussi peu persuadé. Je sens bien qu'un amour extrême, tel que celui que j'ai eu le bonheur de vous inspirer, ne va jamais sans un peu de défiance ; si celle que vous me témoignez pouvoit ne tourmenter que moi, ajouta-t-il en la serrant dans ses bras, je m'en plaindrois beaucoup moins, et le plaisir de vous trouver si délicate, me feroit oublier combien vous êtes injuste ; mais c'est de votre repos qu'il s'agit ici, et si vous connoissiez mieux mes sentimens, vous n'auriez pas de peine à croire qu'il m'est infiniment plus cher que le mien.

En achevant ces mots, il voulut prendre avec Zéphis les plus tendres libertés : mais elle se défendit d'un air si vrai, que, ne pouvant plus imaginer que ce fût en elle envie de faire de ces façons auxquelles on ne prend seulement pas garde aujourd'hui, il la regarda avec étonnement. Eh ! Zéphis, lui dit-il, est-ce ainsi que vous me prouvez votre tendresse, et devois-je m'attendre à tant d'indifférence ? Mazulhim, répondit-elle en pleurant, daignez m'écouter. Je ne suis pas venue ici sans savoir à quoi je m'exposois, et vous me verriez verser moins de larmes, si je n'étois pas déterminée à me livrer à votre tendresse : je vous aime, et, si je n'en croyois que les mouvemens de mon cœur, je serois entre vos bras ; mais, Mazulhim, il en est encore tems, et nous ne sommes pas encore assez engagés l'un à l'autre, pour que vous deviez me cacher vos sentimens. Il n'y a pas de tems où il ne me soit affreux d'apprendre que vous ne m'aimez pas ; mais jugez combien j'aurois à me plaindre de vous, jugez quel seroit mon état, si je ne l'apprenois qu'après que ma foiblesse ne vous auroit rien laissé à désirer ! Dominé par le désir de plaire, accoutumé à l'inconstance par des succès qui ne se sont point

Hémentis, vous ne cherchez qu'à vaincre, et vous ne voulez pas aimer. Peut-être est-ce sans passion pour moi que vous m'avez attaquée? examinez bien votre cœur, vous êtes maitre de ma destinée, et je ne mérite pas que vous la rendiez malheureuse. Si ce n'est pas l'amour le plus tendre qui vous attache à moi, en un mot, si vous ne m'aimez pas comme je vous aime, ne craignez pas de me le déclarer ; je ne rougirai pas d'être le prix de l'amour, mais je mourrois de honte et de douleur, si je m'étois vue que l'objet d'un caprice.

Quoique ces paroles, et les pleurs que Zéphis versoit en les prononçant, n'attendrissent pas Mazulhim, elles lui firent prendre un ton moins froid que celui qu'il avoit d'abord employé auprès d'elle. Que vos craintes me touchent, lui dit-il; mais que je les mérite peu! est-il possible que vous vous imaginiez que je vous confonds avec ces objets méprisables, qui seuls jusqu'à ce jour ont paru m'occuper? J'avoue que la façon dont j'ai vécu a pu donner lieu à vos soupçons; mais, Zéphis, voudriez-vous que j'eusse joint au ridicule d'avoir eu les femmes qui ont rempli mes loisirs, la honte de les avoir aimées? Il est vrai, je craignois l'amour; eh! que pouvois-je faire de mieux, pour lui échapper toujours, que de vivre avec des femmes sans mœurs et sans principes, qui, dans l'instant même qu'elles me séduisoient les plus par leurs agrémens, me sauvoient par leur caractère, du danger d'une passion? Je suis, dites-vous, accoutumé à l'inconstance par le succès. M'estimez-vous assez peu pour croire qu'avant de vous avoir touchée, je me flattasse d'en avoir eu quelques-unes? Il n'y a pas une de ces victoires dont, peut-être, vous me croyez si vain, qui intérieurement ne m'ait couvert de confusion; pas une enfin qu'au prix de tout mon sang je ne voulusse n'avoir point remportée, puisqu'elles me rendent moins digne de vous.

Zéphis, à ces paroles, parut un peu rassurée, et tendit la main à Mazulhim, en attachant sur lui ses beaux yeux, avec cette expression tendre et touchante que l'amour seul peut donner. Oui, Zéphis, continua Mazulhim, je vous aime! ah! combien vivement! avec quel plaisir je sens, à vos genoux, qu'au milieu même des transports les plus ardens, ce n'étoit pas l'amour que je sacrifiois! qu'il m'est doux de le connoître, et de ne le connoître que par vous! sans vos charmes, même sans vos vertus, j'aurois, sans doute, ignoré toujours ce sentiment auquel, jusques à vous, je refusois de me livrer. C'est à vous seule que je le dois, c'est pour vous seule que je veux en être éternellement rempli.

Ah, Mazulhim! s'écria-t-elle, que nous seétions heureux si vous pensiez ce que vous me dites ! s'il est vrai que vous m'aimiez, vous m'aimerez toujours ! A ces mots, elle se pencha sur Mazulhim, et en le serrant tendrement dans ses bras, elle approcha sa tête de la sienne. La plus tendre ivresse était peinte dans ses yeux, et bientôt Mazulhim, par ses transports, en pénétra toute son âme. Dieux ! quels yeux, quand il eut achevé de les troubler ! Je n'avois jamais vu les mêmes qu'a Phénime.

Quelque préparée qu'elle fût cependant à rendre Mazulhim l'amant du monde le plus heureux, elle ne put, sans se ressouvenir de ses craintes, et peut-être de sa vertu, le voir si près de son bonheur. Vous ne doutez pas que je ne vous aime, lui dit-elle, en lui opposant la plus foible résistance ; mais ne pouvez-vous.... Ah Zéphis! interrompit-il, Zéphis ! pouvez-vous craindre encore de me prouver votre tendresse !

Zéphis soupira et ne répondit rien : plus vaincue par son amour qu'elle n'étoit persuadée de celui de son amant, elle céda enfin à ses désirs. Trop heureux Mazulhim ! que de charmes s'offrirent à tes regards, et combien la pudeur de Zéphis n'en augmentoit-elle pas le prix ! aussi Mazulhim m'en parut-il vivement frappé ; tout l'étonnoit, tout était en Zéphis l'objet d'un éloge et d'un baiser. Quoique, loin de condamner l'admiration dans laquelle il était plongé, je la partageasse avec lui, il me sembla que, pour la situation où il se trouvoit, elle duroit trop long-temps, et qu'elle sembloit même suspendre, ou lui faire oublier ses désirs.

Il est bien vrai que plus on est délicat, plus on s'amuse de bagatelles. Le sentiment seul connoît ces tendres écarts qu'il imagine, et qu'il varie sans cesse; mais enfin, on ne saurait s'y plaire toujours, et si l'on s'y arrête, c'est moins pour y borner ses désirs, que pour y trouver de nouvelles sources de flammes. J'eus quelques instans assez bonne opinion de Mazulhim, pour n'attribuer l'anéantissement où je le voyais, qu'à un excès d'amour, et les charmes de Zéphis justifioient cette idée. Vraisemblablement Zéphis le crut aussi, et plus long-temps que moi. Je ne concevois pas comment les transports d'un amant si tendre, si pressé d'être heureux, s'affoiblissoient à mesure qu'ils trouvoient de quoi augmenter : il était vif sans être ardent ; il louoit, il admiroit toujours : mais n'est-ce donc que par des éloges qu'un amant sait exprimer ses désirs ?

Avec quelque adresse que Mazulhim dissimulât son malheur, Zéphis s'apperçut du peu de succès de ses charmes : elle n'en parut ni surprise, ni choquée, et tournant ses beaux yeux vers son amant, levez-vous, lui dit-elle avec le plus doux sourire, je suis plus heureuse que je ne le pensois.

Mazulhim, à ce discours, qui ne lui parut qu'insultant, s'efforça, mais vainement, de prouver à Zéphis qu'il ne méritoit pas qu'elle eût de lui l'idée qu'elle sembloit en avoir prise. Forcé enfin de se rendre justice: Hélas! Madame, lui dit-il, d'un ton qui me fit rire, c'est que vous m'avez attristé! Votre trouble me divertit, répondit Zéphis; mais votre douleur m'offenseroit. Il seroit trop cruel pour moi, que vous crussiez mon cœur blessé.... Ah Zéphis! interrompit Mazulhim, qu'il est affreux d'avoir tort avec vous, et difficile de s'en justifier! Cessez donc de vous affliger, répondit tendrement Zéphis, je crois que vous m'aimez, je ne le crois même que depuis un instant, et vous ne pouviez mieux me prouver votre tendresse, que par les choses que vous vous reprochez.

Ah! cela, comme l'on dit, est bon pour le discours, dit le Sultan; mais dans le fond de l'âme, cette dame-là n'étoit sûrement pas contente. Premièrement, c'est que par soi-même cela est affligeant, et qu'il y a apparence que ce qui afflige toutes les femmes n'en sauroit divertir une, ou du moins vous conviendrez qu'en ce cas-là elle seroit bien capricieuse. D'ailleurs, c'est que le sentiment n'est pas une chose si consolante, quand cela arrive, qu'on pourroit bien dire.

A ce propos, je me souviens qu'un jour (j'étois parbleu! bien jeune), c'étoit une femme.

Je ne vous dirai pas comment cela arriva ; nous étions pourtant tous deux... Réellement, je ne m'en serois jamais défié ; ne voilà-t-il pas que tout d'un coup... je ne sais pas trop comment vous dire cela. Eh bien, j'eus beau lui tenir les propos du monde les plus galans ; plus je lui parlai, plus elle pleura. Je n'ai jamais vu cela qu'une fois ; mais il est vrai que c'étoit une chose bien attendrissante. Je lui dis pourtant, entr'autres choses, qu'il ne falloit désespérer de rien, que je ne l'avois pas fait exprès.... Eh! finissez votre cruelle histoire, interrompit la sultane. Je trouve assez bon, reprit Schah-Baham, qu'il ne me soit point permis de faire un conte, et chez moi surtout ! De là, comme je vous disois, poursuivit-il, j'ai conclu, et pour jamais, qu'il n'y a point de femme à qui cela ne fasse un certain plaisir ; par conséquent la dame de Mazulhim qui disoit de si belles choses.... auroit tout autant aimé n'avoir pas eu à les dire, interrompit la sultane, cela est probable ; mais sachez pourtant que ce que vous croyez si fâcheux pour une femme, l'afflige moins qu'il ne l'embarrasse. Ah! oui, reprit le sultan, je n'aurois, par exemple, qu'à... mais n'ayez pas peur ! continuez, Emir.

Quelque déconcerté que Mazulhim me parut de son aventure, il me sembla qu'il étoit encore plus étonné de la façon dont Zéphis la prenoit.

Si quelque chose peut, lui dit-il, me consoler de cette affreuse disgrâce, c'est de voir qu'elle ne prenne rien sur votre cœur; que de femmes me détesteroient, si elles avoient autant à se plaindre de moi! Je vous avoue, répondit Zéphis, que je ferois peut-être comme elles, si je pouvois attribuer cet accident à votre froideur; mais, si, comme vous me l'avez dit, et que je le crois, l'amour seul trouble vos sens, je ne trouve dans cette aventure que mille choses plus flatteuses pour moi que tous vos transports. Je vous aime trop pour ne pas croire que vous m'aimez; peut-être aussi ai-je trop de vanité, ajouta-t-elle en souriant, pour imaginer qu'il y a de ma faute; mais quel que soit le motif de mon indulgence, ce qu'il y a de vrai, c'est que je vous pardonne. Je vous avertis, au reste, que je serois moins tranquille sur le plus simple soupçon sur votre fidélité, que sur ce que vous appelez un crime. Oui, Mazulhim, soyez-moi fidèle, et puissé-je toujours vous trouver tel que vous êtes actuellement. Ce que j'y perdrois du côté de ce que vous appellez des plaisirs, ne le trouverois-je pas bien dans la certitude que vous seriez constant?

Pendant que Zéphis parloit, Mazulhim, qui

auroit bien voulu lui avoir moins d'obligation, n'épargnoit rien de tout ce qui pouvoit faire cesser son malheur. Zéphis se prêtoit à ses désirs avec une complaisance qu'intérieurement, peut-être, il n'approuvoit pas, parce que de moment en moment elle le rendoit moins excusable. Cette complaisance même devenoit plus tendre, insensiblement elle augmentoit; Zéphis défendoit moins, elle accordoit de meilleur grâce; ses yeux brilloient d'un feu que je ne leur avois pas vu; il sembloit que ce ne fût que dans cet instant qu'elle se fût véritablement rendue : elle n'avoit jusques-là que souffert les empressemens de Mazulhim, alors elle les partageoit. Cette répugnance inséparable du premier moment que tant de femmes jouent, et que si peu sentent, avoit cessé. Zéphis soutenoit sans embarras les éloges de Mazulhim, et paroissoit même désirer qu'il pût se mettre à portée de lui en donner de nouveaux : elle rougissoit, et ce n'étoit pas la pudeur qui la faisoit rougir; ses regards ne se détournoient plus de dessus les objets qui d'abord avoient paru les blesser; la pitié que Mazulhim lui inspiroit, enfin n'eut plus de bornes : cependant....

Ah! oui, interrompit le Sultan : cependant.... J'entends bien, voilà un impertinent homme! Je ne connois rien qui soit à la longue plus insupportable que les procédés qu'il a avec Zéphis ; je suis bien sûr qu'elle s'en fâcha. Et moi, dit la Sultane, je le suis du contraire : se fâcher d'un pareil malheur, c'est le mériter. Bon ! reprit le Sultan, pensez-vous qu'une femme fasse une pareille réflexion ? Ce qu'il y a de certain pour moi, c'est qu'en pareille cas je me fâcherois, et si je ne m'en croirois pas moins raisonnable, non. Voyons pourtant ce que dit Zéphis ; car, à ce que je vois, en cela comme en toute autre chose, chacun a son goût.

Quelqu'indulgente qu'elle fût, reprit Amanzéi, l'obstination du malheur de son amant me parut l'ennuyer ; soit qu'ayant plus fait pour lui que la première fois, elle crût le mériter moins ; soit qu'étant en ce moment plus favorablement disposée, elle trouva dans sa raison moins de force pour le soutenir.

Malgré son trouble, il lui échappa un souris malin qui sembloit dire à Mazulhim qu'elle n'étoit point personne avec qui cette témérité fût placée, et pût être heureuse. Sûre qu'il en seroit bientôt puni, elle se livra à ses ridicules entreprises, avec une intrépidité que toute femme est assez vaine pour avoir en pareil cas, mais qui n'est point dans toutes justifiée par le succès. Qoique Mazulhim fût en ce moment moins à plaindre qu'il ne l'avoit été, il n'étoit pas cependant dans une situation dont on pût le féliciter, et quels que fussent ses efforts,

Zéphis eut raison de ne les avoir pas craints.

A l'air étonné de Mazulhim, je dus croire que, s'il étoit fait à une partie de ce qui lui arrivoit, il ne l'étoit pas à trouver des femmes qui, comme Zéphis, ne pussent dans ses malheurs lui laisser aucunes ressources. Ce que je dis toutefois sans vouloir en offenser aucune; et que sait-on, d'ailleurs, si ce seroit toujours à elles qu'on devroit s'en prendre?

Quoi qu'il en soit, la surprise de Mazulhim fut si plaisamment marquée, et aux dépens de beaucoup d'autres femmes, faisoit si bien l'éloge de Zéphis, qu'elle ne put s'empêcher d'en rire. Si vous me l'aviez demandé, lui dit-elle, je vous l'aurois dit, mais vous ne m'en auriez peut-être pas crue. J'aurois assrément eu tort, répondit-il, mais je ne devois pas m'y attendre; une expérience de dix ans, toujours heureuse, me faisoit croire toujours possible, ce qu'avec vous seule j'ai inutilement tenté. Ah, Zéphis! ajouta-t-il, faut-il que je trouve dans ce qui devroit combler mes désirs, de nouvelles raisons de me plaindre! En effet, répondit-elle en riant, je conçois combien vous êtes malheureux, et vous devez aussi être bien sûr de toute ma pitié. Zéphis! reprit-il, avec un transport plus vrai que tous ceux que je lui avois vus, rien n'égale ma tendresse, que vos charmes; chaque moment augmente mon ardeur et mon désespoir ; et je sens.... Eh, Mazulhim ! interrompit-elle, quel auroit donc été ce bonheur dont vous regrettez tant la perte? Non, s'il est vrai que vous m'aimiez, vous n'êtes pas à plaindre. Un seul de mes regards doit vous rendre plus heureux que tous ces plaisirs que vous cherchez, si vous les aviez trouvés auprès d'une autre. Vos sentimens me charment et me pénètrent, dit-il, mais en redoublant mon amour, ils augmentent mes regrets et ma douleur.

Mazulhim, moins convaincu que Zéphis de son infortune, ou accoutumé peut-être à braver de pareils malheurs, ne pensant pas de Zéphis aussi bien qu'il le devoit, tenta ce que, s'il eût été plus sage, ou plus poli, il n'auroit pas tenté. Il me sembla qu'elle n'agréoit pas une épreuve qui lui montroit moins encore de présomption dans Mazulhim, que la mauvaise opinion qu'il paroissoit avoir de ses charmes.

Finissons cet entretien, dit Zéphis en se levant. Quoi ! s'écria-t-il, voudriez-vous déjà me quitter? Ah, Zéphis ! ne m'abandonnez point à l'horreur de ma situation ! Non, Mazulhim, répliqua-t-elle, je vous ai promis de passer ce jour avec vous. Eh ! puisse-t-il ne vous point paroître plus long qu'à moi ! Mais sortons de ce cabinet ; allons jouir de la délicieuse fraîcheur qui commence à se répandre, distraire votre imagination, la détourner enfin de dessus les objets qui l'attristent peut-être. Mazulhim, plus on cherche les plaisirs, moins on peut les goûter; essayons si, en y arrêtant moins notre pensée, nous ne nous y disposerions pas mieux.

La généreuse Zéphis sortit en achevant ces paroles, et Mazulhim lui donna la main de l'air du monde le plus respectueux.

Ce qu'il y a de singulier, c'est que ce Mazulhim, qui employoit si mal les rendez-vous qu'on lui donnoit, étoit l'homme d'Agra le plus recherché; il n'y avoit pas une femme qui ne l'eût eu, ou qui ne voulût l'avoir pour amant; vif, aimable, volage, toujours trompeur, et n'en trouvant pas moins à tromper, toutes les femmes le connoissoient et toutes cependant cherchoient à lui plaire; sa réputation enfin étoit étonnante. On le croyoit..... que ne le croyoit-on pas? et pourtant, qu'étoit-il? que ne devoit-il pas à la discrétion des femmes, lui qui, ayant pour elles de si mauvais procédés, les ménageoit cependant si peu?

Après une heure de promenade, Zéphis et lui revinrent du jardin. Je cherchois promptement dans leurs yeux s'ils étoient plus contens que lorsqu'ils étoient sortis. A l'air modeste de Mazulhim, je crus que non, et je ne me trompois pas. Zéphis s'assit sur moi, nonchalamment, et Mazulhim se mit à ses pieds, sur des carreaux. Ayant assez peu de chose à lui dire, et, n'imaginant d'abord aucune sorte d'amusemens qu'il fût en état de lui procurer, il s'abandonna à la rêverie, en la regardant tendrement.

Honteux, peu de temps après, du personnage qu'il jouoit auprès de la plus belle femme d'Agra, mais consterné encore de ses malheurs, tremblant, en voulant les réparer, d'essuyer de nouveaux affronts, il fut quelques momens sans savoir à quoi se déterminer. Il craignit enfin que son silence et sa froideur ne parussent plutôt à Zéphis des preuves d'indifférence que de crainte ou de repentir. Il la prit brusquement dans ses bras, et lui donnant les baisers les plus tendres, sembla vouloir sortir, par un coup d'éclat, de sa léthargie dans laquelle il étoit plongé. Zéphis d'abord parut délibérer en elle-même si elle se prêteroit aux nouvelles entreprises de Mazulhim. Si sa tendresse la sollicitoit à tout accorder, cette même tendresse lui faisoit voir avec douleur qu'elle n'avoit jamais plus de cruauté pour Mazulhim, que quand elle ne lui refusoit rien. Désiroit-il d'être heureux, ou la connoissoit-il assez peu pour croire qu'elle seroit blessée, s'il ne cherchoit pas à le devenir? Étoit-ce enfin l'amour, ou la vanité qui le ramenoit si tendre?

Pendant qu'elle s'occupoit de ces idées, Mazulhim (soit qu'il cherchât uniquement à se tirer d'une situation qui l'ennuyoit, soit que, comme il étoit admirable pour les menus détails de l'amour, il voulût empêcher Zéphis de s'ennuyer) crut devoir employer ces riens, charmans quand ils précèdent ou suivent une conversation sérieuse, mais qui par leur frivolité ne sont pas faits pour en tenir lieu. Zéphis refusa d'abord de s'y prêter, mais croyant à l'empressement extrême avec lequel Mazulhim lui demandoit plus de complaisance qu'il n'avoit besoin qu'elle en eût, elle consentit par pure générosité, et en haussant les épaules, à ce dont il se faisoit de si grandes idées, et dont, car il faut lui rendre justice, elle attendoit beaucoup moins que lui.

L'air inattentif, et même ennuyé, qu'elle garda long-tems, loin d'impatienter Mazulhim, l'engagea à redoubler ses soins, et comme il étoit l'homme de son tems qui savoit le mieux traiter les petites choses, il la força à lui prêter plus d'attention; de l'attention il la conduisit à l'intérêt: le peu de réalité des objets qu'il lui offroit, disparut insensiblement à ses yeux; elle seconda elle-même l'illusion où il la jettoit, et connut enfin de combien de plaisirs l'imagination est la source, et combien sans elle la nature seroit bornée.

Pour comble de bonheur, ce que Mazulhim avoit peut-être moins regardé comme une ressource pour lui, que comme une sorte de dédommagement qu'il devoit à Zephis, lui fit une impression plus vive qu'il ne s'en étoit flatté. Les charmes de Zéphis, devenus même plus touchans, lui firent sentir cette émotion qu'il avoit jusques-là cherchée si vainement, et dans le doux désordre qui commençait à s'emparer de ses sens, ayant perdu le souvenir de ses malheurs, ou en étant alors plus irrité qu'abattu, il vainquit enfin glorieusement ces obstacles cruels, par lesquels il s'étoit vu si long-tems et si cruellement arrêté.

J'entends, dit alors le Sultan, c'est fort bien fait : *il vaut mieux tard que jamais* ; c'est-à-dire que..... N'allez-vous pas nous expliquer cèla, interrompit la Sultane, et pensez-vous qu'Amanzéi ait eu la prudence ou la finesse de nous laisser quelque chose à deviner ? Je n'en sais rien, reprit le Sultan, ce ne sont pas là mes affaires ; mais enfin, c'est que, comme vous le savez aussi-bien que moi, ce Mazulhim est un peu sujet à des accidens, et qu'il me paroît tout simple que l'on s'informe..... parce que, par hasard, il se pourroit.... Eh bien ! dites-moi donc un peu, Mazulhim ?

Sire, il fut heureux ; mais il savoit mieux offenser, qu'il ne savoit réparer les outrages qu'il faisoit, et je doute que s'il eût eu affaire à une personne moins généreuse que Zéphis, il eût pu, pour si peu, obtenir un pardon. Plus vain qu'il n'étoit amoureux, il me parut moins sentir le bonheur de posséder Zéphis, que le plaisir d'avoir moins à rougir devant elle. Ils commencèrent une conversation tendre, où Zéphis mit beaucoup de sentiment, et Mazulhim extrêmement de jargon.

Peu de tems après, on servit un souper où il avoit épuisé la délicatesse et le goût. Zéphis, animée de plus en plus par la présence de son amant, lui dit mille choses fines et passionnées, qui ne me firent pas moins admirer son esprit que sa tendresse. Quoique lui-même fût étonné de tant de charmes, ils n'agissoient pas sur lui aussi vivement que sur moi, et il me parut que son orgueil étoit plus flatté de la conquête de Zéphis, que son cœur n'étoit touché de cette passion vive et délicate qu'elle avoit pour lui, et dont, malgré ce qu'elle craignoit de son inconstance, elle étoit uniquement remplie.

Si la possession de Zéphis n'avoit pas rendu Mazulhim aussi amoureux qu'elle l'auroit dû, il en étoit du moins devenu plus vif; son cœur inaccessible au sentiment, languissoit encore; toutes les vertus de Zéphis, que l'ingrat louoit sans les connoître, et peut-être sans les lui croire, loin de l'attacher à elle, sembloient l'en éloigner et le contraindre. Je ne le voyois pas même ému de l'amour tendre et vrai qu'elle avoit pour lui, mais elle commençoit à lui inspirer des désirs. Il la regardoit avec transport, il soupiroit, il lui parloit avec ardeur du bonheur dont elle avoit joui, et sembloit attendre avec impatience que le souper finît. Il le lui dit même; mais soit qu'elle s'y amusât, soit qu'elle n'eût pas si bonne opinion que lui-même de l'après-souper, elle étoit moins impatiente. Cependant elle l'aimoit, il la pressa, bientôt.... Ah, Mazulhim! que tu aurois été heureux, si tu avois su aimer!

Peu de temps après, Zéphis sortit, et Mazulhim la suivit, en lui faisant des protestations d'amour et de reconnoissance, que je crus d'autant moins vraies, qu'elle les méritoit mieux. Zéphis étoit trop estimable, pour qu'il pût s'attacher constamment à elle; elle étoit vraie, sans fard, sans coquetterie; Mazulhim étoit sa première affaire: mais ce qui auroit fait la félicité d'un autre, n'étoit, pour ce cœur corrompu, qu'une liaison où il ne trouvoit ni plaisir ni amusement. Il ne lui falloit que de ces femmes qui, nées sans sentiment et sans pudeur, ont mille aventures, sans avoir un amant, et qu'à l'indécence de leur conduite, on pourroit accuser de chercher plus encore le déshonneur que le plaisir. Il n'étoit pas étonnant que

Mazulhim, qui n'étoit qu'un fat, plût aux femmes de ce genre, et qu'à son tour, il les recherchât.

Mais Amanzéi, demanda la Sultane, comment un homme de si peu de mérite avoit-il pu toucher une personne aussi estimable que vous nous avez peint Zéphis? Si votre Majesté vouloit bien se ressouvenir du portrait que j'ai fait de Mazulhim, répondit Amanzéi, elle s'étonneroit moins qu'il eût su plaire à Zéphis; il avoit des agrémens, et savoit feindre des vertus. Zéphis d'ailleurs ne seroit pas la première femme raisonnable qui auroit eu le malheur d'aimer un fat, et votre Majesté n'ignore pas qu'on ne voit autre chose tous les jours. Sans doute, dit le Sultan, par exemple, il a raison, l'on ne voit que cela; au reste, ne me demandez pas pourquoi, car je n'en sais rien. Ce n'est pas à vous non plus que je le demande, reprit la Sultane. Ce sont des choses, qu'avec tout l'esprit que vous avez, il me paraît simple que vous ne sachiez pas.

Qu'une femme raisonnable, continua-t-elle, se rende à un amour également tendre et constant; que sûre des sentimens et de la probité d'un homme qui l'aime, (si toutefois quelque chose peut jamais l'en assurer) elle se livre enfin à lui, cela ne me surprend pas; mais qu'elle soit capable de foiblesse pour un Mazulhim ! voilà ce que je ne puis comprendre. L'amour, répondit Amanzéi, ne seroit pas ce qu'il est, si.... Si, si, interrompit le Sultan, allez-vous faire long-temps les beaux esprits ? et ne vous souvient-il plus que j'ai défendu les dissertations ? Que vous importe, dites-moi, que cette Zéphis aime ce Mazulhim, que l'une soit une bégueule, et l'autre un fat ? Eh bien ! elle l'aime tel qu'il est. Vous voulez savoir pourquoi ; que ne le demandiez-vous à Amanzéi, pendant qu'il étoit femme ? croyez-vous qu'il se souvienne de cela lui à présent ? Vous êtes cause, au reste, avec tous vos discours, que les contes que l'on me fait, ne finissent point, et cela m'excède. Voyons, Emir, où en étiez-vous ? que devint cette Zéphis si raisonnable qu'elle en ennuie ? quelle fut la fin de tout cela ?

Celle qu'elle devoit avoir, reprit Amanzei ; Mazulhim, ne voulant pas d'abord manquer totalement d'égards pour Zéphis, la trompa le plus secrètement qu'il pût. Ou les ménagemens qu'il eut pour elle, ne furent pas assez habilement employés pour la tromper long-tems, ou les infidélités qu'il lui faisoit étoient trop fréquentes et trop marquées, pour qu'il pût toujours les lui dérober. Quoi qu'il en soit, elle se plaignit ; mais comme avec toutes les délicatesses de l'amour le plus tendre, elle en avoit tout l'aveuglement, il vint aisément à bout de la calmer. Il continua ses infidélités, et elle recommença ses reproches. Enfin il s'impatienta, et, peu touché de son amour et de ses larmes, il rompit absolument avec elle, et la laissa livrée à la honte de l'avoir aimé, et la douleur de l'avoir perdu.

Ma foi, dit le Sultan, il fit fort bien de la quitter; et la preuve de cela, c'est que j'aurois fait de même. Je sais bien qu'elle étoit fort belle, qu'elle avoit beaucoup de mérite; mais ce mérite là m'auroit, moi qui veux qu'on me divertisse, ennuyé tout comme lui. Ce n'est pourtant pas que je sois un Mazulhim, je pense qu'on ne me le reprochera pas; mais c'est qu'il ne laisse pas d'être plaisant de quitter des femmes, quand ce ne seroit uniquement que pour entendre ce qu'elles en disent.

CHAPITRE IX.

Qui contient une recette contre les enchantemens.

Trois jours après que j'eus vu Zéphis pour la première fois, Mazulhim arriva seul. A peine avoit-il eu le tems de donner quelques ordres, qu'une petite femme dont l'air étoit vif, indécent, étourdi, et pourtant manièré, entra dans le cabinet. De loin, elle ne manquoit pas d'éclat; de près, ce n'étoit qu'une figure médiocre, et que, sans ses ridicules, ses mines, et cette prodigieuse vivacité qu'elle affectoit, on n'auroit seulement pas remarquée. Aussi étoit-ce la seule chose qui avoit fait naître à Mazulhim l'envie de la voir.

Ah! s'écria-t-il en la voyant, c'est vous! mais savez-vous bien que vous êtes divine d'arriver de si bonne heure?

Cette beauté qui, malgré ses airs enfantins, avoit trente ans au moins, s'avança vers Mazulhim avec cette noble indécence qui composoit presque toutes ses graces; et, sans lui répondre, ni presque le regarder: Vous aviez raison, lui dit elle, de me dire que votre petite maison étoit jolie; mais c'est qu'elle est charmante! meublée d'un goût! d'une volupté! cela est divin! N'est-il pas vrai, répondit-il, que c'est la plus jolie du Faubourg? Ne diroit-on pas à ce propos, répliqua-t-elle, que j'en connois beaucoup? Ce cabinet-ci est charmant! continua-t-elle, galant au possible! Je suis, dit-il, charmé de vous y voir, et qu'il vous plaise. Oh! pour moi, répliqua-t-elle, je n'ai peut-être pas fait pour y venir toutes les façons que je devois; ce n'est pas que je ne sache, aussi-bien qu'une autre, l'art de filer et de mettre de la décence dans une affaire : mais... Vous ne le pratiquez pas, interrompit-il; oh ! pour cela l'on vous rend justice. C'est que cela est vrai au moins, repritelle, exactement; je ne suis point fausse. Hier, quand vous me dites que vous m'aimiez, et que vous me proposâtes de venir ici.... je fus pourtant bien tentée de vous répondre non, mais la vérité de mon caractère ne me le permit point; je suis franche, naturelle, vous me plaisez, et me voilà. Vous n'en pensez pas plus mal de moi, peut-être? Qui? moi! répondit-il en haussant les épaules ; voilà une belle idée! j'en penserois mille fois mieux, s'il m'étoit possible. Au vrai, vous êtes charmant, reprit-elle; mais, dites-moi donc, y a-t-il long-tems que vous êtes ici? J'arrivois, répartit-il, et j'en rougis, j'en suis confondu : mais vous avez pensé être ici la première. Cela auroit vraiment été joli, dit-elle, et je n'aurois pas manqué de vous en savoir gré! Vous concevez bien, répondit-il, qu'on ne fait pas ces choses-là exprès, et qu'elles peuvent arriver aux gens les plus empressés. Oui, oui, reprit-elle, je le conçois bien, je ne l'aimerois pourtant pas. Ecoutez donc, que je vous dise des nouvelles. Zobéïde vient dans la minute de quitter Arebcham. Ne lui a-t-elle fait que cela, demanda-t-il? Et Sophie, continua-t-elle, vient de prendre Dara. N'a-t-elle pris que lui, demanda-t-il encore?

Pendant qu'elle parloit, Mazulhim, qui la connoissoit trop pour la respecter seulement un peu, prenoit avec elles les plus grandes libertés. Loin qu'elle m'en parût plus émue que lui, elle promena ses yeux dans le cabinet avec distraction, puis les ramenant sur sa montre : mais, quelle folie donc, Mazulhim, lui dit-elle ! est-ce que nous serons seuls tout le jour ? Voilà une assez bonne question ! répondit-il ; sans doute nous serons seuls. Mais vraiment, reprit-elle, je n'avois pas compté là-dessus ; laissez donc ! ajouta-t-elle sans aucun désir qu'il finît, ni qu'il continuât (aussi ne s'en embarrassa-t-il pas plus qu'elle) vous êtes au vrai d'une folie qui ne ressemble à rien ; et à propos de quoi être seuls, s'il vous plaît ! Il me semble, répondit froidement Mazulhim, que cette conversation n'empêchoit pas de s'amuser, que cela étoit convenu entre nous. Convenu ! dit-elle, oh ! quel conte ! où avez-vous donc pris cela ? je n'en ai pas dit un mot, je vous jure ; après tout, cela m'est égal, et je saurais bien vous contenir. Ah ! pour cela, laissez donc ! vous avez des façons singulières.... Pas trop, il me semble que je ne suis pas plus singulier qu'un autre. D'ailleurs, étant ensemble comme nous y sommes ! je dois croire que je n'outre rien. Ah, Zulica ! ajouta-t-il, vous qui avez du goût, dites-moi ce que vous pensez de ce plafond? C'étoit à cela que je rêvois, dit-elle; je le voudrois moins chargé de dorure; tel qu'il est! je le trouve pourtant fort beau, ajouta-t-elle en s'asseyant sur ses genoux, et selon toutes les apparences, ce n'étoit pas pour le déranger.

Quand j'y pense, reprit-elle, il faut que je sois bien folle pour croire que vous me serez fidelle, vous qui ne l'avez encore été à personne. Ah! ne parlons pas de cela, repliqua-t-il en s'occupant toujours, et (graces au bontés de Zulica) fort commodément; vous seriez peut-être bien embarrassée, si j'étois plus constant que vous me soupçonnez de l'être. Vous ne voulez donc pas me laisser! dit-elle, en ne faisant pas le moindre mouvement pour lui échapper, ou pour le contraindre. A l'égard de la constance, continua-t-elle aussi froidement que s'il n'eût pas continué lui, j'en ai dans le caractère, j'ose le dire. Ce n'est pas aujourd'hui une vertu que la constance, tant elle est commune, répondit-il, et l'on peut, sans se vanter, dire qu'on en est capable; vous avez pourtant, malgré celle dont vous pouvez vous piquer, changé quelquefois.... Pas tant, n'allez pas croire cela. Mais je sais, et vous ne l'ignorez pas, répondit-il, tous les amans que vous avez eus. Eh bien! dit-elle, en ce cas là, vous conviendrez qu'il n'a tenu qu'à moi d'en avoir davantage; finissez donc! vous me tourmentez! —Beaucoup moins que je ne devrois. Mais enfin, répliqua-t-elle, c'est toujours plus que je ne veux. Quoi! lui dit-il, ne m'aimez-vous pas? Allez-vous avoir un caprice? N'avons-nous pas tout réglé? Eh! mais... oui, répondit-elle, mais... Ah! Mazulhim, vous me déplaisez. C'est un conte, répartit-il froidement, cela ne se peut pas.

Alors il la posa doucement sur moi. Je vous assure, Mazulhim, lui dit-elle en s'y arrangeant, que je suis outrée contre vous; je vous le dis, ce que je ne vous le pardonnerai jamais.

Malgré ces terribles menaces de Zulica, Mazulhim, voulut achever de lui déplaire. Comme, entr'autres choses, il avoit la mauvaise habitude de ne s'attendre jamais, et qu'elle avoit apparemment celle de ne jamais attendre personne, il lui déplût en effet à un point qu'on ne sauroit imaginer. Cependant, malgré sa colère, elle attendit, et sa vanité lui fit suspendre son jugement. Dans toutes les occasions où elle s'étoit trouvée (et elles avoient été fréquentes assurément), on ne lui avoit jamais manqué; c'étoit pour elle une preuve incontestable de ce qu'elle valoit.

D'ailleurs, ce Mazulhim qu'elle trouvoit si peu digne d'estime, de quels prodiges, si l'on en croyoit le public, n'étoit-il pas capable ! Si (comme la chose lui paroissoit assez avérée) elle n'avoit rien à se reprocher, par quel hasard Mazulhim qui, disoit-on, n'avoit jamais eu tort avec personne, en avoit-il avec elle un si singulier ? Elle avoit oui-dire à tout le monde qu'elle étoit charmante ; la réputation de Mazulhim étoit trop belle pour qu'il ne la méritât pas, au moins, par quelque endroit ; donc, ce qui lui faisoit faire tant de réflexions, n'étoit point naturel, et ne pouvoit pas durer.

Avec ces consolantes idées, et d'oui-dire en oui-dire, Zulica s'étoit armée de patience, et cachoit son dépit le mieux qui'l lui étoit possible. Mazulhim cependant tenoit les propos du monde les plus galans sur les beautés qui sembloient le toucher si peu. Il falloit, disoit-il, que pour le rendre tel qu'il se trouvoit, tous les magiciens des Indes eussent travaillé contre lui : mais, continuoit-il, que peuvent leurs charmes contre les vôtres ? Aimable Zulica ! ils en ont défféré le pouvoir, mais ils n'en triompheront pas.

A tout cela, Zulica, plus fàchée que Mazulhim n'étoit déconcerté, ne lui répondit que par des sourires malins, mais auxquels, de peur de l'achever, elle n'osoit donner toute l'expression qu'elle aurait voulu. Vous êtes, demanda-t-elle d'un air railleur, brouillé avec des magiciens ? Je vous conseille de vous raccommoder avec eux ; des gens capables de jouer de pareils tours, font de dangereux ennemis. Ils le seroient moins, si vous vous êtiez mise en tête de leur en donner le démenti, répondit-il, et je doute aussi que, malgré leur mauvaise volonté, si je vous aimois avec moins d'ardeur, j'eusse éprouvé.. . Oh ! c'est un propos auquel j'ajoute assez peu de foi que celui que vous me tenez là, interrompit Zulica, qui, ayant déterminé en elle-même le temps que l'on pouvoit rester enchanté, croyoit alors avoir accordé assez de répi. Je sais bien, reprit-il, que, si vous me jugez à la rigueur, vous ne devez pas être contente ; mais moins vous l'êtes, plus vous devriez achever de me mettre dans mon tort. Je doute, repliqua-t-elle, que cela fût convenable. Je vous croyois moins attachée à la décence, reprit-il d'un air railleur, et j'osois espérer.... Vous prenez assurément bien votre tems pour railler, interrompit-elle : vous avez raison ! Rien n'est si glorieux, pour vous, que cette aventure ! Mais Zulica, reprit-il, ne voudriez-vous donc jamais sentir que le ton que vous prenez ne peut que me nuire et perpétuer mon humiliation ? C'est, je vous jure, dit-elle, ce dont je me soucie le moins. Mais, lui demanda-t-il, si vous vous en souciez si peu, de quoi vous fâchez-vous tant? Vous me permettrez de vous dire, Monsieur, que c'est une fort sotte question, que celle que vous me faites.

A ces mots, elle se leva malgré tous les efforts qu'il fit pour la retenir : laissez-moi, lui dit-elle d'un ton aigre, je ne veux ni vous voir ni vous entendre. Assurément ! s'écria-t-il, j'en ai vu d'aussi malheureuses, mais je n'en ai jamais vu d'aussi fâchées.

Cette exclamation de Mazulhim ne plut pas à Zulica; désespérée de l'accident qui lui arrivoit, outrée de l'air froid de Mazulhim, elle s'en prit dans sa fureur à un grand vase de porcelaine qu'elle trouva sous sa main, et qu'elle brisa en mille morceaux. Hélas, Madame ! lui dit Mazulhim en souriant, vous n'auriez rien trouvé ici à briser, si toutes les personnes qui n'y ont pas été contentes de moi, s'en étoient vengées de la même manière; au reste, ajouta-t-il en s'asseyant sur moi, je vous conjure de ne pas vous gêner.

Voilà une femme qui me plaît tout-à-fait, dit Schah-Baham, elle a du sentiment, et n'est pas comme cette Zéphis, à qui tout étoit égal, qui d'ailleurs étoit bien la plus sotte précieuse que j'aie de ma vie rencontrée! je sens qu'elle m'intéresse infiniment et je vous la recommande, Amanzéi; entendez-vous? tâchez qu'on ne la chagrine pas toujours. Sire, répondit Amanzéi; je la favoriserai autant que le respect dû à la vérité pourra me le permettre.

Mazulhim, en finissant de parler, se mit à rêver d'un air distrait. Zulica, qui étoit allée s'asseoir dans un coin, et loin de lui, soutint assez bien pendant quelque tems la méprisante indifférence qu'il lui témoignoit; et pour la lui rendre, elle se mit à chanter. Ou je me trompe, lui dit-il, quand elle eut fini, ou le morceau que madame vient de me chanter est d'un tel opéra. Elle ne répondit rien. Vous avez, continua-t-il, une jolie voix, peu étendue, mais flûtée, et dont les sons vont droit au cœur. Il est heureux qu'elle vous plaise, répondit-elle, sans le regarder.

Vous ne le croyez peut-être pas, repartit-il; mais il est vrai pourtant que vous pourriez en être flattée, et que peu de gens s'y connoissent aussi bien que moi. Un autre agrément que je vous trouve, et que je vous dirois, si je pouvois à présent vous paroître digne de vous louer, c'est une expression charmante, qui ne laisse rien à désirer par sa vivacité et par sa justesse et que vos yeux secondent si bien qu'il est impossible de vous entendre, sans se sentir remuer jusques au fond du cœur. Vous allez me répondre encore, qu'il est heureux que cela me plaise.

Non, répondit-elle, d'un ton plus doux, je ne suis pas fâchée que vous me trouviez des choses aimables, et plus je vous sais connoisseur, plus vos éloges doivent me flatter. Voilà précisément, dit-il, la raison qui me feroit désirer de mériter les vôtres. Ah, sans doute! dit-elle, allez-vous dire que vous ne vous connoissez à rien, répondit-il, et pour mettre le comble à l'injustice, n'imaginerez-vous pas aussi qu'il m'est indifférent que vous pensiez de moi bien ou mal? joindrez-vous cette injure à toutes celles que vous m'aviez déjà faites? Ah, Zulica! est-il possible que ce qui devoit augmenter votre tendresse, ne serve qu'à vous irriter contre moi?

Est-il possible aussi, reprit-elle avec emportement, que vous me croyiez assez dupe pour regarder comme une preuve d'amour l'affront le plus sanglant que jamais vous puissiez me faire! Un affront! s'écria-t-il, aimable Zulica! vous connoissez peu l'amour, si vous croyez que nous devions vous et moi rougir de ce qui nous est arrivé. Je ne craindrai pas de vous dire plus: les gens que vous avez honorés de votre tendresse, vous ont aimée bien peu, si vous ne les avez pas trouvés tous aussi malheureux que moi.

Oh! pour cela, Monsieur, dit-elle, en se levant, finissez, ou je vous quitte, je ne puis plus soutenir le ridicule et l'indécence de vos propos. Je n'ignore pas qu'ils vous blessent, répondit-il, et je suis surpris, je l'avoue, de ce qu'ils font cet effet-là sur vous; mais ce dont je ne reviens pas, c'est que vous vous obstiniez à me trouver si coupable; je trouverois tout simple qu'une femme ordinaire, sans monde, sans usage, s'offensât mortellement d'une aventure pareille: mais vous! que vous soyez précisément comme quelqu'un qui n'a jamais rien vu! En vérité, cela n'est pas pardonnable. En effet, dit-elle, il faut être sotte au dernier point, pour ne la pas trouver flatteuse, et je m'étonne de ne vous avoir point encore remercié de l'impression singulière que j'ai faite sur vous! Raillerie à part, dit-il, en voulant se lever, je vais vous prouver que je n'ai pas tort.

Non, Monsieur, s'écria-t-elle, je vous défends de m'approcher. J'exécuterai vos ordres, tout injustes qu'ils sont, et je prouverai de loin, puisque vous le jugez à propos. Oui, répliqua-t-elle, cela vous sera sûrement plus commode; mais faisons mieux, n'en parlez plus: aussi bien ne suis-je pas assez imbécille, pour que vous puissiez me persuader jamais, que plus un amant a de tendresse, moins il peut l'exprimer à ce qu'il aime.

C'est-à-dire, reprit-il d'un air nonchalant, que vous croyez précisément le contraire, vous? Oui, répartit-elle, précisément; c'est qu'on ne peut pas être plus persuadée d'une chose, que je le suis de celle-là. Eh bien, Madame ! vous pouvez donc vous vanter d'être la femme la moins délicate qu'il y ait au monde, et si je ne vous aimois au point que je ne connois sous le Ciel rien d'assez fort pour m'arracher à vous, je vous avouerois que cette façon de penser m'en éloigneroit pour jamais. Il seroit en effet, dit-elle, assez étonnant qu'elle vous plût.

Oh ! non, reprit-il d'un air détaché, je ne suis pas intéressé autant que vous voulez bien me faire l'honneur de le croire, à m'en déclarer l'ennemi ; mais c'est qu'il est décidé de tout tems, que plus on a d'amour, moins on a l'usage de ses sens, et qu'il n'appartient qu'à des cœurs grossiers, et incapables de se laisser pénétrer des charmes de la volupté, de se posséder dans les momens où vous m'avez trouvé si loin de moi-même. Si l'espoir du plaisir suffit pour troubler un amant, jugez de ce que doit produire sur lui l'approche de ces instans heureux qu'il a si vivement désirés : combien son âme doit s'être usée dans les transports qui les précédent, et si ce désordre que vous me reprochez est aussi désobligeant pour une femme qui sait penser, que ce sang-froid dont, faute d'y réfléchir sans doute, vous voudriez que j'eusse été capable. Franchement, ajouta-t-il en s'allant jetter à ses genoux, seroit-ce la première fois que vous.... Ah ! cessez cette mauvaise plaisanterie, interrompit-elle, laissez-moi, je veux sortir, et ne vous voir de ma vie. Mais, Zulica, lui dit-il, en la ramenant de mon côté, ne voudrez-vous donc jamais sentir qu'il semble, à la façon dont vous prenez mon malheur, que vous ne vous croyez pas assez de charmes pour le faire cesser ?

Soit que les délicates distinctions de Mazulhim eussent déjà disposé Zulica à la clémence, soit que la grande réputation qu'il s'étoit acquise rendît ce qu'il disoit plus vraisemblable, elle se laissa conduire sur moi, en faisant cette légère résistance, qui communément enflamme plus qu'elle n'arrête. Peu-à-peu Mazulhim en obtint davantage, et se retrouva enfin dans la même circonstance où Zulica s'étoit fâchée.

Déja troublée par les emportemens de Mazulhim, elle commençoit à désirer vivement qu'il se laissât moins frapper les sens que la première fois ; déja même elle espéroit, lorsque Mazulhim, plus délicat que jamais, manque cruellement à ses plus douces espérances. Elles en fut d'autant plus indignée, que (vanité à part) il lui auroit alors fait plaisir de se comporter différemment.

Oh ! bien, dit le Sultan, qu'il finisse donc aussi lui ; cela m'ennuie autant qu'elle. Ce n'est pas parce que j'ai pris le parti de Zulica, mais je vous demande s'il y a quelqu'un que cela n'impatientât pas, si la patience d'un Derviche y tiendroit? C'est parbleu bien la peine de la faire attendre! Amanzéi, vous ne m'aviez pas promis cela, au moins? à la fin vous me feriez croire que vous en voulez à cette femme-là; et, je vous le dis naturellement, je ne le trouverois pas bon. Mais, point du tout, Sire, répondit Amanzéi : si je faisois un conte à Votre Majesté, il me seroit facile d'arranger les objets comme elle le voudroit, mais je raconte ce que j'ai vu, et je ne puis, sans altérer la vérité, donner à Mazulhim des procédés différens de ceux qu'il avoit. Ah! le sot que ce Mazulhim, s'écria Schah-Baham, et que je suis piqué contre lui! Mais, dit la Sultane, je ne sais pas pourquoi vous lui en voulez tant; il ne le faisoit pas plus exprès que vous. Lui? reprit-il? ma foi, je n'en sais rien, c'étoit un méchant homme! D'ailleurs, dit encore la Sultane, c'est que cette Zulica qui vous plaît tant, étoit la dernière des.... Je vous prie, Madame, interrompit-il, d'en penser tout bas ce qu'il vous plaira, et de ne m'en point dire de mal. Je sais bien qu'il suffit que je prenne quelqu'un en amitié, pour qu'il vous déplaise : et cela me choque, je vous en avertis. Votre colère ne m'effraye point, répondit la Sultane, et de plus, je ne serois point du tout étonnée, que cette Zulica que vous aimez tant aujourd'hui, vous ennuyât demain mortellement. J'en doute, reprit le Sultan, je ne me préviens pas comme vous, moi; en attendant que cela arrive, voyons toujours le reste de son histoire.

Zulica rougit de fureur au nouvel affont que Mazulhim faisoit à ses charmes : en vérité, Monsieur, lui dit-elle en le repoussant avec violence, si c'est une préférence que vous me donnez, j'ose dire qu'elle est mal placée. Je le dirois tout le premier, répondit-il, si je pouvois imaginer que vous crussiez un seul moment mériter les torts que j'ai avec vous; mais je n'y vois pas d'apparence, et j'avouerai sans peine, que rien ne me justifie. C'est que, quand on se connoît d'une certaine façon, dit-elle, l'on doit laisser les gens en repos. Ce sera sans doute le parti que je prendrai, si ceci a des suites, répliqua-t-il; vous permettrez pourtant que je me flatte du contraire. En vérité, dit-elle, je ne vous le conseille pas.

Alors elle se leva, prit son éventail, remit ses gants, et tirant une boëte à rouge, alla vis-à-vis une glace. Pendant qu'avec toute l'attention possible, elle tâchoit de se remettre comme elle étoit lorsqu'elle étoit entrée, Mazulhim qui étoit venu derrière elle, en troublant son ouvrage, la prioit tendrement de ne se point donner une peine, qu'à coup sûr il faudroit qu'elle reprît. Zulica ne lui répondit d'abord que par une mine qui dut lui prouver le peu de foi qu'elle avoit à ses prédictions ; mais voyant enfin qu'il continuoit à la tourmenter : Eh bien ! Monsieur, lui dit-elle, ceci sera-t-il éternel, et ne voulez-vous pas que je puisse sortir ? vous n'avez qu'à dire. Mais autant que je puis m'en souvenir, répondit-il, tout est dit là-dessus ; est-ce que vous ne soupez pas ici ? Non pas que je sache, reprit-elle. Vous verrez, dit-il en souriant, que vous n'avez pas non plus compté là-dessus. Enfin, dit-elle, je suis engagée, et il est tard. Voilà une assez bonne folie, dit-il en la rejettant sur moi, et en voulant encore essayer s'il ne trouveroit pas enfin le moyen de lui rendre les heures moins longues. Tenez, Mazulhim, lui dit-elle d'un ton doux, vous m'en croirez, je vous le dis sans colère ; mais le personnage que vous me faites jouer est insoutenable. Plus de bonté de votre part, répondit-il, m'auroit rendu moins à plaindre ; mais vous êtes si peu complaisante ! En vérité, partit-elle, il y auroit aussi trop d'inhumanité à vous ôter la seule excuse qui puisse vous rester. Il lui répondit avec fermeté, qu'il en courroit volontiers le hasard.

Alors elle entra dans ses raisons, pour avoir le plaisir de le combler de tous les torts imaginables. Plus il méritoit sa pitié, plus (car c'e n'étoit pas née généreuse) elle se sentoit d'indignation. Blessée, qu'il eût été si peu sensible à ses charmes, elle sembloit l'être encore plus qu'il eût répondu si mal à ses dernières bontés ; sa vanité seule lui faisait soutenir ce qui la blessoit si sensiblement. A peine elle s'étoit flattée du triomphe, qu'elle le voyoit s'évanouir. Vingt fois elle fut près de renoncer à un espoir qui ne sembloit se presenter à elle que pour la tromper après plus cruellement. Mais quoi ! après tout ce qu'elle a fait pour Mazulhim, l'abandonnera-t-elle à sa destinée ? un moment de plus peut vaincre son ingratitude. S'il eût été plus doux pour elle de devoir tout à la tendresse de Mazulhim, il lui doit être plus glorieux de lui tout arracher.

Ce raisonnement n'étoit peut-être pas le plus juste que Zulica pût faire, mais, pour la situation où elle se trouvoit, c'étoit encore beaucoup qu'elle pût raisonner.

Mazulhim, qui sentoit, à l'air dont elle le regardoit, que, pour résister à l'opiniâtre froideur que malgré lui-même il lui témoignoit, elle avoit besoin d'être soutenue, lui donnoit sans cesse les éloges les plus flatteurs sur son caractère compatissant. Assurément, s'écria-t-elle à son tour dans un instant où peut-être l'impatience, prenant le dessus, lui faisoit trouver plus de mérite dans les bontés qu'elle avoit pour Mazulhim, assurément il faut convenir que j'ai une belle âme!

A cette exclamation si bien placée, Mazulhim ne put s'empêcher d'éclater, et Zulica, qui savoit combien quelquefois il est dangereux de rire, se fâcha fort sérieusement de ce qu'il avait ri.

La gaieté de Mazulhim ne lui fut cependant pas aussi funeste qu'elle l'avoit craint. Les enchanteurs, qui l'avaient jusque là si cruellement persécuté, commencèrent même à retirer leurs bras malfaisans de dessus lui. Quoiqu'il s'en fallût beaucoup que la victoire qu'elle remportoit sur eux ne fût complette, elle ne laissa pas de s'en féliciter tout haut ; ce n'étoit pas qu'avec les lumières qu'elle avoit, elle s'y trompât, mais elle vouloit fortifier Mazulhim par la confiance qu'elle sembloit avoir : elle le connoissoit bien peu, de croire qu'il en eût besoin.

A peine Mazulhim se sentit moins accablé, qu'il voulut tenter ce qui ne lui avoit jamais manqué qu'une fois. Zulica, qui ne s'éblouissoit pas facilement, et qui d'ailleurs n'étoit pas la femme d'Agra qui pensoit le moins bien d'elle-même, fut étonnée de la présomption de Mazulhim, et lui fit sur son audace les représentations les plus sensées. Elles ne réussirent pas ; et, Mazulhim s'opiniâtrant toujours, elle ne se refusa pas plus que Zéphis à des idées dont elle ne pouvoit assez admirer le ridicule. Ah ! oui, dit-elle d'un air dédaigneux. Tout d'un coup sa physionomie changea, et je jugeai à sa rougeur et à son dépit, autant qu'à l'air railleur et insultant de Mazulhim, que ce qu'elle avoit annoncé comme impraticable, était aisé au dernier point.

Voyez-vous cela, s'écria le Sultan ! et puis les femmes se plaindront, ou feront les merveilleuses ! cela est bon à savoir.

CHAPITRE XII.

Le même, à peu-près, que le précédent.

Si le désagrément qui arrivoit à Zulica, la mortifia beaucoup, il ne lui ôta pas la présence d'esprit qui lui étoit nécessaire dans un accident aussi fâcheux. Elle félicita Mazulhim, se plaignit de toute autre chose que de ce qui la pénétroit de fureur ; et, pour tâcher de sauver sa gloire, ne craignit pas de lui faire un honneur qu'assurément il ne méritoit point.

Je ne sais si ce fut pour mortifier Zulica, où, si, contre son ordinaire, il vouloit se rendre justice : mais, quelque chose qu'elle fît, il ne voulut jamais croire qu'il fût ce qu'elle disoit. Il y avoit, disoit-il opiniâtrement, des jours malheureux ; des jours, que si on les prévoyoit, on mourroit plutôt que de les attendre.

Zulica convenoit bien qu'il y en avoit qui en effet, ne commençoient pas d'une façon brillante, mais dont à la fin on trouvoit plus à se louer, qu'à se plaindre.

En finissant ces mots, il se mirent à se promener dans la chambre, tous deux fort embarrassés l'un de l'autre, sans amour et sans désirs.

Vous rêvez! lui dit-il enfin. Vous en étonnez vous? répondit-elle d'un air prude; pensez-vous que d'être avec quelqu'un comme je suis avec vous, ne soit point, pour une femme raisonnable, une chose extraordinaire? Non, répliqua-t-il; j'y crois les femmes raisonnables tout à fait accoutumées. Il paroit bien, reprit-elle, que vous ignorez ce que cela prend sur elles, et combien, avant que de se rendre, elles éprouvent de combats. Ce que vous dites, par exemple, est très-probable, répliqua-t-il; car à la façon dont elles les ont abrégés, il falloit qu'ils les fatiguassent cruellement.

Voilà s'écria-t-elle, un des plus mauvais propos qu'on puisse tenir. Croyez-vous avoir eu bien de l'esprit, quand vous avez dit de pareilles choses? Savez-vous bien que ce n'est-là qu'un vrai discours de petit-maître? Je ne l'en tiendrois pas plus mauvais pour cela, répondit-il. Du moins vous le trouveriez bien faux, reprit-elle, si vous saviez ce qu'il m'en a coûté pour vous prendre [illegible], s'écria-t-il, vous y avez rêvé! Cela m'outr[illegible] [illegible] me flat-

crois du contraire, et je vous sais mauvais gré de m'ôter une erreur à laquelle je gagnois, sans que vous y perdissiez rien dans mon esprit. Eh ! dites-moi de grâce, Zadis vous-a-t-il coûté autant de réflexions? Que voulez-vous dire? demanda-t-elle froidement : qu'est-ce que c'est que Zadis? Je vous demande pardon, répondit-il en raillant ; j'aurois juré que vous le connoissiez.

Oui, répondit-elle, comme on connoît tout le monde. Je crois, tout peu connu qu'il vous est, qu'il seroit bien fâché, s'il vous savoit ici, continua-t-il, et je me trompe fort, ou vos bontés pour moi le chagrineraient beaucoup. Soyez de bonne foi, ajouta-t-il en lui voyant hausser les épaules, Zàdis vous plaisoit avant que j'eusse le bonheur de vous plaire, et je parierois même qu'actuellement vous êtes bien ensemble.

Voilà, répondit-elle, une plaisanterie d'un bien mauvais genre ! Au fond, continua-t-il, quand vous lui feriez une infidélité, il seroit encore trop heureux ; un homme comme Zadis est peu fait pour être aimé, et j'ai toujours été surpris que, vive comme vous êtes, et d'une gaieté charmante, vous eussiez pu prendre un amant aussi froid, aussi taciturne. Vous vous y trompez, Mazulhim, répondit-elle, il n'est que tendre. Je v[illegible] sacrifié, il seroit inutile de vous dir[illegible]traire : mais je crains bien que vous ne me forciez bientôt à m'en repentir. Vous étiez légère, repliqua-t-il, et j'avoue que j'étois inconstant : mais moins nous avons jusqu'ici été capables d'un attachement sérieux, plus nous aurons de gloire à nous fixer l'un l'autre.

A ces mots, il la conduisit de mon côté, mais d'un air qui faisoit aisément connoître que la bienséance seule y guidait ses pas. Il est vrai que vous êtes charmante, lui dit-il, et sans un air un peu trop décent que même avec moi vous ne quittez pas, je ne connois personne qui pût, mieux que vous, faire le bonheur d'un amant. J'avoue, répondit-elle, que naturellement je suis réservée, ce n'est pourtant pas à vous, à vous en plaindre. Vous me rendez heureux, sans doute, répliqua-t-il ; mais née sans désirs, vous n'accordez pas assez à ceux que vous faites naître ; je sens de la contrainte dans tout ce que vous faites pour moi; vous craignez sans cesse de vous livrer trop, et entre nous, je vous soupçonne d'être assez peu sensible. Mazulhim, en parlant ainsi à Zulica, lui serroit les mains d'un air passionné.

Quelque chose que Zulica eût dit de son peu de sensibilité, l'admiration où Mazulhim paroissoit plongé, la vivacité de ses transports, les soins qu'il prenoit pour les lui faire partager, l'émurent et la troublèrent. Vous plaindrez-vous ? lui dit-elle tendrement. Il ne lui répondit qu'en voulaut lui prouver toute sa reconnaissance.

Leur bonheur mutuel leur ôta cette contrainte et cet air ennuyé que depuis quelque temps ils avoient l'un avec l'autre. Leur conversation s'anima ; Zulica, qui croyoit avoir délivré Mazulhim des mains des enchanteurs, s'applaudissoit de l'ouvrage de ses charmes, et Mazulhim, plus content de lui-même, s'abandonnoit aussi à son enjouement.

Comme ils étoient dans ces heureuses dispositions, on vint servir ; leur repas fut gai. Zulica et Mazulhim, qui étoient peut-être les deux plus méchantes personnes qu'il y eût à la cour d'Agra, n'épargnèrent qui que ce pût être.

Ne pourriez-vous pas me dire, demanda Mazulhim, à propos de quoi Altun-Can a depuis quelques jours pris cet air important que nous lui voyons ?

Mon Dieu ! sans doute, répondit-elle, est-ce que vous ignorez qu'il est infiniment bien avec Aïscha ? mais ce seroit, à ce qu'il me semble, répondit-il, une raison de plus pour être modeste. Oui, pour un autre, repartit-elle ; mais est-ce que vous ne le trouvez pas trop heureux, lui ? Je vous avouerai que non, repartit-il : quelque ridicule que soit Altun-Can, je ne puis m'empêcher de le plaindre ; un homme qui appartient à Aïscha, est, sans contredit, le plus malheureux homme du monde.

Ce qu'il y a de particulier, dit-elle, c'est

qu'elle en fait mystère. Ah! pour le coup, répondit-il, vous cherchez à lui donner un travers; jamais Aïscha n'a caché ses amans, et je puis vous jurer qu'à l'âge qu'elle a, et de l'énorme figure dont elle est, elle y sera moins disposée que jamais.... Rien n'est pourtant plus réel que ce que je vous dis. Hé bien! répondit-il, si cela est, c'est qu'Altun-Can lui a demandé le secret.

Et la petite Mésem, demanda-t-il, il me semble que vous ne la voyez plus? c'est qu'on ne peut plus la voir, répliqua-t-elle en prenant un air prude, et qu'elle a une conduite misérable. Vous avez raison, répartit-il fort sérieusement, rien n'est si important pour une femme qui se respecte, que de voir bonne compagnie.

Je ne finirois pas, Sire, dit alors Amanzéi, en s'interrompant, si je voulois rendre à votre Majesté tous les propos qu'ils se tinrent. Ah! je le conçois bien, répondit le Sultan, et je vous permets de les abréger.

Mazulhim, moins touché encore l'après souper, des charmes de Zulica, qu'il ne l'avoit été dans la journée, entre mille idées d'amusemens qu'il lui proposa, ne trouva jamais ce qui aurait pu lui convenir, et Zulica se prépara à sortir d'un air qui me fit douter de la revoir.

Cependant malgré la mauvaise humeur de Zulica, et la façon dont Mazulhim l'avoit traitée, il osa cependant, avant que de la quitter, lui demander qu'ils se revissent, et ajouter, avec empressement, qu'il falloit que ce fût dans deux jours. Quoiqu'en ce moment elle eût, je crois, peu d'envie de lui accorder ce qu'il sembloit désirer avec tant d'ardeur, elle lui répondit qu'elle le vouloit bien, mais si froidement, que je n'imaginois pas qu'elle voulût lui tenir parole.

En cet instant je fis réflexion qu'après le départ de Mazulhim, je m'ennuyerois dans sa petite maison; qu'il suffiroit que j'y revinsse, quand il y reviendroit lui-même; et que je ne pouvois mieux faire, pour m'amuser et pour m'instruire, que de suivre Zulica chez elle; je m'abandonnai à cette idée, et montai avec elle dans son palanquin. Aussitôt que je fus dans son palais, j'allai par le mouvement de l'attraction que Brama avoit mis en moi, me cacher dans le premier Sopha qui s'offrit à mes yeux.

Zulica venoit, le lendemain, de se mettre à sa toilette, lorsqu'on lui annonça Zàdis; elle le fit prier d'attendre, soit qu'elle ne voulût paroître à ses yeux qu'avec toute la beauté qu'elle avoit ordinairement lorsqu'elle s'étoit préparée, ou qu'elle imaginât qu'il seroit indécent qu'il la vît dans le désordre où elle étoit alors. Vu la fausseté de Zulica, cette dernière raison n'étoit peut-être pas aussi imaginaire qu'elle pourroit le paroître.

Zâdis entra enfin; quand on ne l'auroit pas nommé, au portrait que la veille j'en avois entendu faire à Mazulhim, je l'aurois reconnu. Il étoit grave, froid, contraint, et avoit toute la mine de traiter l'amour avec cette dignité de sentiment, cette scrupuleuse délicatesse qui sont aujourd'hui si ridicules, et qui peut-être ont toujours été plus ennuyeuses encore que respectables.

Zâdis s'approcha de Zulica avec autant de timidité que s'il ne lui eût pas encore déclaré sa passion ; de son côté, elle le reçut avec une politesse étudiée et cérémonieuse, et un air aussi prude qu'il le falloit pour le tromper toujours.

Tant que les femmes de Zulica furent présentes, ils se parlèrent fort indifféremment de nouvelles ou d'autres choses aussi frivoles. Zâdis, qui croyoit être le seul que Zulica eût aimé, et qui ne trouvoit pas que les ménagemens les plus grands suffisent à ce qu'elle méritoit, ne se permettoit pas le moindre regard ; et Zulica, qui, contre toute apparence, trouvoit un homme assez imbécile pour l'estimer, imitoit sa réserve, ou ne le regardoit qu'avec ces yeux hypocrites et couchés, que l'on voit communément aux prudes dans quelque occasion qu'elles se trouvent.

Avec quelque soin que Zâdis se contraignît, Zulica crut remarquer dans ses yeux une tristesse différente de celle qu'il y portoit toujours; elle lui demanda vainement ce qu'il avoit. A toutes les questions qu'elle lui faisoit d'un ton fort doux, il ne répondoit que par de profondes révérences, et par des soupirs plus profonds encore.

Lorsqu'elle fût coiffée, les femmes sortirent. Voulez-vous bien, Zâdis, lui demanda-t-elle d'un air d'autorité, me dire ce que vous avez? Pensez-vous que, m'intéressant à ce qui vous regarde, comme vous savez que je fais, je ne doive pas me fâcher de votre silence? En un mot, je le veux, répondez-moi; je ne vous pardonnerai pas si vous vous obtinez à vous taire.

Vous me pardonneriez peut-être moins d'avoir parlé, répondi-t-il enfin, et ce qui m'agite, ne doit d'aucune façon vous être confié. Zulica insista, et d'une façon si pressante, qu'il crut que, sans l'offenser, il ne pouvoit se taire plus long-temps. Le croiriez-vous, Madame, lui dit-il, en rougissant de l'absurdité qu'il trouvoit dans ce qu'il alloit lui dire? je suis jaloux.

Vous! Zâdis, s'écria-t-elle d'un air d'étonnement. C'est moi que vous aimez, je vous aime, et vous êtes jaloux! Y pensez-vous bien? Ah! Madame, répliqua-t-il d'un air pénétré, ne m'accablez point de votre colère. Je sens tout le ridicule de mes idées, j'en rougis, moi-même.

Écoutez moi, Zâdis, lui répondit-elle d'un air majestueux, et souvenez-vous à jamais de ce que je vais vous dire. Je vous aime; je ne crains point de vous le répéter, et je vais vous donner de mes sentimens une preuve qui, pour vous, doit être sans réplique; c'est de vous pardonner vos soupçons,

Ah! Madame, s'écria Zâdis en se prosternant à ses genoux, je crois que vous m'aimez; et je mourrois de douleur, si je pouvois penser que des soupçons, auxquels même je ne me suis pas arrêté long-tems, fussent pour vous une raison de douter de mon respect. Non, Zâdis, répondit-elle en souriant, je n'en doute pas; mais sachons un peu ce qui vous a donné de l'inquiétude? Qu'importe, madame, que je n'en ai plus, reprit-il? Je le veux savoir, repliqua-t-elle. Hé bien! dit-il, les soins que Mazulhim a paru vous rendre.... Quoi! interrompit-elle, c'est de lui que vous étiez jaloux? Ah! Zâdis, êtes-vous fait pour craindre Mazulhim, et m'avez-vous assez méprisée pour croire qu'il pût jamais me plaire? Ah! Zâdis, dois-je et puis-je jamais vous le pardonner?

FIN DU TOME PREMIER.

www.ingramcontent.com/pod-product-compliance
Lightning Source LLC
Chambersburg PA
CBHW070856030726
47504CB00005B/1353
9782019562236